성스러운 17세

이경화

르네상스

제1장

아담의 유혹

세 개의 십자가

나는 아주 느리게 가방을 쌌다.

고등학생이 된 지 두 달도 더 지났건만 내 꿈은 처음 등교하던 날에서 벗어나지 못하고 있다. 꿈속의 나는 누구 하나 말 걸어 주지 않을까 기대하면서, 내가 없는 듯 행동하는 아이들 틈에서 초조해하면서, 1년 동안 친구 하나 없이 지낼 일을 미리 예감하고 두려워하면서 낑낑대고 있다. 정말 도그 같다. 아침에 일어나면 온몸이 푹 젖어 있다. 어쩌면 도그 같이 지내는 게 더 나을 뻔했다. 현실은 항상 꿈보다 더 열악하다.

내 눈앞에 놓인 현실이 어쩌면 꿈일지도 모른다, 허상일지도 모른다. 눈에 보이는 것이 전부가 아니라는 말도 있다. 어쩌면 나는 매트릭스 공간 속에 있는지도 모른다. 혹은 〈트루먼 쇼〉처럼 누군가 시청을 목적으로 나에게 미션을 줬는지도 모른다. 실은 내가 별나라 공주인데 지구로 납치되었거나 대왕마마에게 불효를 저질러 벌을 받고 있는 건 아닐까? 차라리 외롭게 지내는 게 나을 뻔했다. 최소한 품위는 지킬 수 있으니까.

"야, 너 토끼냐?"

내 뒤통수를 강타하여 저절로 인사를 하게 만드는 인간 1은 김설희다. 묘하게 진실을 꿰뚫어 보는 힘이 있다. 웃어 보인다는 게 그만 입꼬리를 일그러뜨리고 말았다.

"어우, 웃는 거 진상이야."

나는 얼른 고개를 숙였다.

"왜 또 미소 구박해?"

인간 2 민예은. 착한 척하기는. 나를 제일 괴롭히는 건 설희인데도 이상하게 예은이가 더 얄밉다.

"빨리 안 와?"

인간 3 조아라의 말에 예은이가 뒤를 쫓고 그 뒤로 설희가, 그리고 내가 따른다. 슬쩍슬쩍 곁눈질하는 반 아이들의 얼굴에 나에 대한 측은함이 묻어난다. 애들도 알고 있는 것이다. 나는 그저 인간 1, 2, 3의 어떤 편의를 위해, 순전히 그들만을 위해 제공된 밥이자 껌이고, 때로는 사물함 또는 은신처가 되거나 알리바이 주식회사가 되는 어떤 것이다. 정체성 없는 그냥 어떤 것.

재개발에 밀려 십수 년을 살아온 동네를 떠나 이곳으로 온 건 재작년이었다. 우리 세 식구는 주로 짝수로 교회에 나갔다. 열성 신자였다고는 할 수 없지만, 그렇다고 버스로 열 정거장 되는 거리가 너무 멀어서 못 가겠다고 할 정도로 냉정한 신자도 아니었다. 부모님은 '철새 신자'들은 절대 구원을 받지 못할 거라던, 목사님이 귀에 못이 박이도록 하시던 설교 말씀을 깡그리 잊었는지 교회가 너무 많아서 어디에 다녀야 할지 모르겠다면서 '가나안 신자'가 되었다. 가나안을 거꾸로 하면 '안 나가'다. 나를 짝수로 만들어 줄 사람이 없어서 나도 가나안 신자가 되었다.

　부모님이 가나안 신자가 된 건 사실 헌금 때문이다. 교회도 못 찾는 게 아니라 안 찾는 것이다. 교회에 다니면 십일조를 내야 하기 때문이다. 목사님은 십일조를 내지 않는 사람도 구원 받지 못한다고 하셨다. 목사님은 집게손가락으로 하늘을 찌르며 '예수님은 다 알고 계신다.'거나 '지상의 곳간을 채우면 하늘의 곳간이 비어서 하나님 나라에 가면 받을 선물이 하나도 없다.'거나 '신자의 의무를 다하면 예수님이 수천 배, 수만 배로 갚아 주신다.'고 하셨다.

　엄마는 이렇게 말했다.

　"예수님은 우리가 빚이 얼마인지도 잘 알고 계실 테니까 십일조 아니, 천일조, 만일조를 못 내도 서운해하지 않으실 거야."

　예수님이 수천 배, 수만 배로 갚아 주신다는 데도 부모님은 단

한 번도 십일조를 내지 않았다. 우리는 구원 받지 못했고 우리 집은 여전히 가난하다.

하지만 하나님은 나를 완전히 버리지는 않으셨다. 하고 많은 고등학교 중에서 미션스쿨로 인도하셨으니 말이다. 학교에서는 월요일 아침마다 예배를 드린다. 목사님이 예배 드리는 모습이 각 교실에 있는 텔레비전으로 중계되거나 때로는 강당에 전교생이 모여 함께 예배를 드리기도 한다.

어쩌면 인간 1, 2, 3을 내게 보내신 것도 주님의 뜻인지 모른다. 나는 인간 1, 2, 3과 엮인 다음부터 부쩍 예수님 생각을 많이 하게 되었다. 그런데 예수님은 어찌 잃어버린 양 한 마리를 되찾자고 십자가를 세 개나 보내신 것일까?

며칠 전, 예배 시간에 목사님의 설교 말씀을 듣던 나는 갑자기 가슴이 뜨거워져서 한 손을 높이 들고 "할렐루야!" 외치면서 울 뻔도 했다. 〈마태복음〉 5장 44절 내용이었다.

나는 너희에게 이르노니 너희 원수를 사랑하며
너희를 박해하는 자를 위하여 기도하라.

민예은이 새로 뚫었다는 카페는 학교에서 그리 멀지 않았다. 아라는 쇼핑백을 들고 화장실로 직행하고, 우리 셋은 네모난 테이블에 앉았다. 나는 최대한 행동을 자제하면서 자리에 앉았다.

카페는 꽤 예뻐서 이리저리 둘러보고 싶었지만, 김설희한테 꼬투리를 잡히고 싶지는 않았다.

하지만 꼬투리가 꼭 있어야만 잡히는 건 아니다.

"미소는 이름만 놓고 보면 괜찮은데 성까지 붙이면 좀 웃기지 않냐?"

설희는 대체 나한테 왜 이러는 걸까?

"정미소잖아. 정미소가 쌀집이잖아. 아닌가? 맞나?"

그러더니 느닷없이 눈을 크게 뜨면서 묻는다.

"혹시 너네 쌀집 하냐?"

목소리가 너무 커서 다른 테이블에 앉아 있던 사람들이 돌아보았다. 나는 얼른 얼굴을 숙였다. 귀가 후끈 뜨거워졌다. 예은이가 쿡쿡 웃는 소리가 들렸다.

"난 또 쌀집 해서 정미소라고 지은 줄 알았지."

"미소한테 그만 해."

민예은, 얄미운 계집애.

"아, 왜? 난 진짜 궁금해서 물어본 거야!"

김설희가 버럭 소리를 질렀다.

"좀 조용히 말해. 다 쳐다보잖아."

"말도 제대로 못 하냐? 네가 무슨 우리 아빠냐?"

설희는 툴툴대더니 짧은 앞머리를 억지로 추켜올려 커다랗고 빨간 방울로 묶기 시작했다. 새하얀 얼굴, 거기다 새빨간 입술,

물론 틴트를 바른 것이다, 머리를 그렇게 하고 있어서 어찌 보면 아기 같고 어찌 보면 바보 천치 같다. 아무튼, 입만 열면 사탄의 대사를 내뱉는 애가 저토록 천진난만한 얼굴을 하고 있다는 게 신기할 따름이다.

"근데 아라는 맨날 사복으로 갈아입고 어디 가는 거야?"

예은이는 뭔가 알고 있다는 눈빛을 던지며 뒷담화를 할 때 그러는 것처럼 목소리를 착 깔고 제 물음에 스스로 대답했다.

"우리 엄마한테 아라 얘기했더니 좀 이상하다고 하더라."

나는 티 안 나게 고개를 숙이며 예은이의 눈길을 피했고, 설희는 분수처럼 솟은 앞머리를 강아지 꼬리처럼 쓰다듬느라 정신이 없었다. 예은이가 우리한테 한 번 더 의미심장한 눈빛을 던졌을 때 아라가 돌아왔다.

"무슨 말 했냐?"

아라는 자리에 털썩 주저앉으며 물었다. 사복으로 갈아입는 게 힘들었는지 이마에 옅은 땀방울이 맺혀 있다. 쇄골이 훤히 드러나는 니트는 아라 얼굴에 합성해 놓은 것 같았다.

"빨리 말해 봐. 무슨 말 했는데?"

"넌 왜 맨날 무슨 말 했냐고 묻냐?"

예은이가 입을 비죽였다.

"내가 그랬나?"

아라는 멋쩍게 웃더니 샛노란 가발을 꺼냈다.

"가발 써 볼 사람?"

뽀글거리는 게 꼭 헬멧처럼 둥근 가발이었다. 예은이가 입을 달싹거리는 동안 설희가 재빨리 가발을 채 갔다. 예은이는 눈을 흘기면서도 거울을 꺼내 보여 주었다. 설희는 성에 차지 않는지 더 큰 거울로 보겠다며 화장실로 달려갔다.

"가발까지 쓰게?"

예은이가 물었다.

"그냥 산 거야."

아라는 좀 시큰둥하게 대답했다.

"쓰지도 않을 거면서 사냐?"

순간 공기가 팽팽히 당겨졌다. 아라 눈에 힘이 들어갔다.

"무슨 뜻이야?"

말들은 아라가 쏘아 대는 레이저 위를 또박또박 걸어갔다.

"무슨 말이냐고?"

그때 설희가 돌아왔다. 가발을 써서 기분이 좋은 모양이었다.

"난 캐러멜 마키아토 먹을래. 가발 쓰고."

"가발 벗어."

예은이는 눈에 힘을 주더니 아라를 노려보며 말했다.

"아라가 사 주는 거 이제 안 먹어."

"그럼 네가 사 와."

설희는 손으로 가발을 쓰다듬으며 흡족한 듯 말했다.

설희와 내가 모르는 어떤 것이 있는 모양이었다. 예은이는 설희를 짧게 노려보고 아라를 길게 노려본 뒤 나한테는 눈길도 주지 않고 자리에서 벌떡 일어섰다. 쳇, 하는 소리를 내며 가방을 메고 몸을 막 돌리려는데 설희가 팔을 잡으며 말했다.

"민예은, 잘난 척하지 말고 그냥 앉아."

설희도 아는데 나만 모르는 어떤 것이 있는 모양이었다.

나는 허리를 잔뜩 구부리고 눈만 굴려 예은이, 아라, 설희순으로 쳐다보았다. 나와 눈을 마주치는 아이는 한 명도 없었다. 인간 1, 2, 3은 지들끼리 서로 레이저를 쏘아 대고 있었는데 중간쯤에 성냥을 대면 화르르 불이 붙을 것 같았다. 솔직히 말하면 나는 애네들한테 무슨 일이 있는지 궁금하지 않았다. 학원에 가서 수학 문제나 풀고 싶었다. 엉덩이가 자꾸 들썩거려 가만히 앉아 있을 수가 없었다.

"그럼 나는 이만……."

별로 크지도 않은 목소리였다. 아이들이 내 말에 그렇게 즉각 반응한 것도 처음이었다. 독기를 가득 품은 여섯 개의 눈동자가 느닷없이 내게로 와서 박혔다. 내 얼굴은 순식간에 활활 불타올랐다. 나는 다시 의자 깊숙이 엉덩이를 밀어 넣었다.

"얘는 지만 알아."

설희가 주먹으로 때리는 시늉을 하면서 사탄의 말을 내뱉었다.

"분위기 파악 좀 해라."

예은이는 분위기 파악을 하며 거들었다.

"가고 싶으면 가."

아라는 어쩐 일인지 그렇게 말했다.

내가 인간 1, 2, 3과 어울리게 된 건 조아라 때문이었다. 밥 같이 먹을래? 화장실 같이 갈래? 집에 같이 갈래? 그 말들을 나는 거절하지 못했다. 아라는 물어본 게 아니었으니까. 그건 명령이었다. 가슴은 불안하게 콩당거리고 있었다. 거절했다면 무슨 일이 생겼을까? 재수 없다고 괴롭혔을지도 모른다. 나는 그런 걸 걱정했던 것 같다.

한숨이 저절로 나왔고, 여섯 개의 눈동자는 다시 한 번 날카로운 화살이 되어 가슴에 꽂혔고, 나는 동화책에서 본 호호 아줌마처럼 아주 작아지고 싶었다.

"캐러멜 마키아토!"

설희가 예은이를 보며 소리쳤다. 예은이는 발끈하며 일어섰다.

나는 다시 〈마태복음〉을 떠올렸다.

나는 너희에게 이르노니 너희 원수를 사랑하며
너희를 박해하는 자를 위하여 기도하라.

천사 또는 미친 새끼

민예은은 달랑 캐러멜 마키아토 두 잔을 들고 돌아왔다. 제과점에서 파는 둥근 막대사탕처럼 수없이 많은 원이 빈틈없이 프린트된 머그컵 위로 달콤한 냄새가 몽글몽글 피어올랐다.

"프렌치불이야."

뭘 말하는 걸까?

"여기 진짜 완전 럭셔리 해. 프렌치불 머그잔을 카페에서 만날 줄 어떻게 알았어!"

분위기 파악 좀 해.

나는 그렇게 말하고 싶은 걸 꾹 참았다.

"이거 백화점에서만 파는 거다. 엄마한테 사자고 졸랐던 거거든. 이제 기분 완전 좋아졌어."

예은이는 정말 그래 보였다. 차 마시는 폼이 정말 아무 생각 없어 보였다. 먼저 김설희가 경계의 끈을 푸는 것 같더니, 조아라도 레이저 총을 거두었다. 머리채라도 붙들고 바닥을 뒹굴며 싸울 것 같던 분위기는 온데간데없어지고 인간 1, 2, 3은 평소처럼 대화라고는 볼 수 없는, 혼자만의 독백이라고나 할 수 있는 대사들을 날리기 시작했다.

"오늘 영어, 발음 틀리고 시치미 떼는 거 봤냐?"

"성경이 자기 교회 다니는 애들은 점수 준다더라, 말이 되냐?"

"엄마 때문에 짜증 나 죽겠어."

"우리 아빠는 동생만 좋아해. 완전 차별 작렬!"

"아이유 새로 찍은 광고 봤냐? 대박이지?"

아무도 대답하지 않았지만, 아무도 묻기를 그만두려고 하지 않았다. 그렇게 영혼 없는 대사들은 캐러멜 마키아토 향처럼 가볍게 떠올라 의미 없이 흩어졌다. 내가 이러려고 세상에 태어난 게 아닌데, 하는 생각이 문득 들었다. 군중 속의 고독이 이런 건지도 모른다, 는 생각마저 드는 순간 나는 아주 고독해졌다.

누군가 나한테 고독이 뭐냐고 좀 물어봐 주면 좋겠다. 그럼 내가 태어나서 처음으로 고독했던 순간을 말해 주고 싶다. 열 살 때였다. 태양이 작열하던 여름, 친구 집으로 가는 길이었다. 여럿이 한 친구네 집에서 모이기로 했을 것이다. 빠른 걸음으로 골목을 빠져나왔을 때 태양이 느닷없이 나를 덮쳐 왔다. 나는 걸음을 멈추고 태양에 눈이 멀 때까지 한참을 보았다. 다시 거리를 보았을 때 삶은 참 의미 없는 것이 되어 있었다. 나는 친구네 집으로 가는 길을 잃어버렸다. 썼다. 입맛이 썼고, 마음도 맛을 느낄 수 있다면 썼고, 내 몸 전체가 쓴맛이었다. 지금 생각해 보니 그것이 바로 고독이었던 것이다. 인간 1, 2, 3은 지금도 이렇게 철이 없는데, 과연 열 살에는 상태가 어땠을까?

아이들은 이제 내가 없는 것처럼 굴었다. 나는 눈을 돌려 카페를 탐색하기 시작했다. 한쪽 벽에 자전거가 걸려 있다. 산악자전거를 실물로 보는 건 처음이었다. 그 옆으로 벽에 금이 간 건가 싶었는데, 그 금을 대여섯 사람이 줄처럼 타고 오르는 그림이 그려져 있다. 금인지 줄인지 확인해 보고 싶지만, 거리가 너무 멀다. 나는 눈을 가늘게 뜨고 고개를 앞으로 쑥 내밀었다, 동시에 눈알이 튀어 나가는 줄 알았다.

김설희가 뒤통수를 친 것이다.

"아, 왜?"

나는 소심하게 반항했다.

"뭘 그렇게 보는 거야?"

'내가 뭘 보든, 무슨 상관이야? 더 이상 내 몸에 손대지 마! 어디 감히 날 건드려!'

라고 나는 말하지 못한다.

"안 봤어."

재빨리 대답할 뿐이다. 나는 대체 왜 화를 낼 줄 모르는 것인가? 어쩌면 너무 착한지도 모르겠다.

"뻥 치고 있네. 제대로 말 안 해?"

착한 건 아니고, 설희가 무서운 것 같다.

"그냥 저게, 벽에 간 금이 간 건가, 그림인가, 헷갈려서."

아이들은 내 손이 가리키는 곳을 눈으로 따라가더니 누가 먼저랄 것 없이 벌떡 일어나 사실을 확인하러 뛰쳐나갔다.

주님이 이러려고 나를 이 세상에 보내신 게 아닐 텐데, 하는 생각이 다시 들었다. 썼다. 온몸이 다 썼다. 열 살에 고독을 안 뒤로 나는 줄곧 주님의 시선을 느끼고 있다. 엄마 지갑에서 몇천 원을 슬쩍할 때나 몸이 좋지 않은 친구를 위해 가방을 대신 들어 줄 때면, 나는 그분의 강렬한 시선을 느끼곤 했다. 지금도 그분은 나를 보고 계신다. 주님은 다 알고 계신다. 내가 얼마나 안쓰러우실까? 그러니까 십자가 세 개는 너무 많았다고요. 하지만 주님은 자신이 질 수 있는 십자가만 주신다고 했다. 정말 주님은 다 알고 계신 걸까? 십자가 한 개도 감당이 안 된다고요!

인간 떼는 사실 확인이 끝났는지 우르르 다가와 앉았다. 김설희가 나를 보는 폼이 어째 좀 이상하다 싶더니 손바닥으로 이마를 찰싹 때린다.

"아, 왜애?"

"아, 웨에?"

김설희가 따라 했다. 따라 하기 시작하면 끝이 없다. 나는 고개만 푹 수그렸다.

"왜 그래, 미소한테?"

아라가 웬일로 편을 다 들어 주나, 하는 생각을 하는데 갑자기 핸드폰이 울렸다. 아라는 깜짝 놀란 척하며 전화를 받았다.

"넌 저게 그림인지 뭔지 궁금하다더니, 우리가 확인하고 왔는데 안 물어보냐?"

김설희는 주먹을 흔들며 을러대고, 민예은은 개그 프로를 보는 것처럼 킥킥대는데, 아라가 핸드폰을 한 손으로 막으며 묻는다.

"내 남친 오라고 해도 돼? 친구도 같이 있대."

"오라고 해."

"친구 몇 명?"

나는 카페에 온 뒤 처음으로 아이들이 질문하고 대답하는 광경을 보았다. 다시 엉덩이가 들썩여졌다.

"너 학원 가려면 아직 30분 남았다."

아라 십자가는 어떻게 내 스케줄까지 다 꿰고 있는 걸까?

"진짜 남친이 먼저 온다고 한 거 맞아?"

예은이는 아까처럼 또 뭔가를 좀 안다는 눈빛으로 물었다.

"네가 오라고 한 거 아니야?"

"내가 왜?"

아라는 남자 친구 전화를 받은 뒤로 갑자기 얼굴 표정이 풍부해지더니 황당해서 미치고 팔짝 뛰겠다는 얼굴이 되어 물었다.

"뭐, 그거야 네가 더 잘 알겠지."

예은이는 입을 비죽였다. 설희는 가발을 벗으러 화장실로 뛰어갔고, 나는 속으로 주님을 원망했다.

잠시 뒤 테이블 위로 낯선 그림자 두 개가 드리워졌다.

"정훈아."

아라는 쇄골이 움푹 파이도록 몸을 꼬며 남친을 맞았다. 그때 똥을 싸느라 안 나오는 줄 알았던 설희가 나타났다. 머리카락이 마술처럼 구불거리고 있다. 이 카페는 너무도 훌륭한 나머지 여자 화장실에 드라이기까지 구비되어 있다는 것을 나중에야 알았다.

"아라양, 갸발."

설희는 볼까지 발갛게 물들이고 배시시 웃으며 가발을 건넸다. 가발이 아닌 '갸발'은 내가 먼저 자리를 뜰 때까지 마지막으로 들은 설희의 대사였다.

정훈이라는 아이는 꽤 훈남이었지만, 나는 그런 판단조차 하고 싶지 않아서 시선을 피하고 앉았다. 어차피 나 같은 애는 거들떠 보지도 않았을 테지만.

"이런, 우리 애기는 차도 안 마셨네."

그건 훈남이 조아라한테 하는 소리였다. 조건 반사하듯 온몸에 소름이 돋았다. 그때 천사의 음성이 들렸다.

"미친 새끼."

마음이 좀 진정되는 것 같았다. 잠시 침묵이 흘렀다. 훈남은 입맛을 다시더니 함께 온 친구를 소개하는 폼으로 돌아보았다.

"얘는 말이야, 별명이 뭐냐면."

훈남은 거기까지 말하고 천사한테 헤드록이 걸려 입이 막혔다.

"미친 새끼야."

천사는 다시 낮은 음성으로 뇌까렸다. 훈남과 천사, 훈남과 미친 새끼야는 캐러멜 마키아토 두 잔과 캐러멜 프라푸치노 두 잔, 젤라토 와플, 생크림이 잔뜩 올라간 허니 브레드를 들고 재벌 2세처럼 다시 나타났다.

아라는 정식으로 우리를 소개했다.

"얘가 예은이, 민예은. 중학교 때부터 친구. 여기는 김설희, 설희 아빠는 의사야."

"우리 엄마 얘기는 왜 안 해?"

예은이는 마치 아라가 제 이름을 빼먹기라도 한 것처럼 말했다.

"어, 예은이 엄마는 학원 원장님. 되게 큰 학원이야."

나는 아라가 나를 어떻게 소개할지 궁금했다. 중학교 때부터 친구도 아니요, 부모님이 하는 일을, 우리 부모님은 동네에서 조그만 과일 가게를 하신다, 말한 기억도 없다. 질문을 받은 일이 없으니까.

"얘는 우리 반 1등."

1등? 아직 중간고사도 안 봤는데?

"정미소. 공부 되게 잘해."

조아라가 내 장점을 이야기한다.

"미소가 머리가 좋거든."

민예은이 거든다. 나도 모르게 설희한테 눈길이 갔다. 왜 가만히 있는 거지? 배시시 웃는다, 바보 천치.

"야, 아라 친구들 대단하다."

하고 말하며 훈남이 소개한 천사의 이름은 옛날 영화배우 이름과 같았다. 성기. 성은 안. 안성기. 민예은이 무슨 생각을 하는지 갑자기 풋, 하고 웃었다. 느닷없이 정적이 흘렀다. 분위기가 어색해졌다.

"야, 뭐 이렇게 많이 샀어. 돈 많이 썼겠다."

아라의 말을 신호로 모두 테이블로 눈길을 돌렸다.

'조아라와 대단한 친구들'에서 내가 담당한 역할은 성적이었던가 보다, 그런 씁쓸한 생각을 하면서 달달한 캐러멜 마키아토와 젤라토 와플을 먹었다.

시계를 보며 내가 일어날 순간을 기다리는 동안 설희는 내내 볼을 물들이며 웃고 있었다. 훈남이하고 조아라는 서로 손을 잡고 좋아라, 하고 있어서 오른손이 잡힌 오른손잡이 훈남이는 정말 맛있어서 입에서 살살 녹는 와플하고 허니 브레드를 왼손으로 어설프게 먹다가 결국 포기하고는 설희처럼 볼을 물들이고 가만히 앉아 있었다. 예은이는 그런 조아라를 못마땅하게 쳐다보다가 프렌치 머시기인가 하는 잔에 눈길을 주기 시작했다.

"그럼……."

하고 말하며 드디어 엉덩이를 들었을 때, 나를 제일 먼저 돌아본 건 천사이자 미친 새끼야였다. 나는 잠시 눈빛의 그물에 걸려 꼼짝도 못 했다. 이름은 성기, 성은 안, 안성기가 마치 나를 잡아먹을 것처럼 바라보고 있었기 때문이다. 처음 본 생물체에 대한 호기심을 주체할 수 없는 것처럼, 다시는 보지 못할 그 어떤 것을 보는 것처럼, 눈빛은 나를 놓아주지 않았다.

불 꺼진 미래

"학원은 이제 그만 다녀야겠다."

엄마가 김치를 아삭아삭 씹어 먹으며 말했다.

"뭐라고?"

나는 내 귀를 의심했다.

"농담이지?"

"비싼 밥 먹고 농담을 왜 하냐?"

엄마는 김치를 정말 맛있게 먹으면서 이야기했기 때문에 나는 아빠한테로 눈길을 돌렸다. 아빠는 밥이 반이나 남아 있는데 수저를 놓으면서 주춤주춤 자리에서 일어났다.

"아, 밥 안 먹어요?"

"잘 싸 둬. 점심때 또 먹게."

아빠는 재빨리 움직여 베란다로 나갔다.

"아, 남길 거면 깨끗하게나 먹던가. 더럽게도 먹었네. 입맛 떨어지게."

엄마는 수저를 탁, 소리 나게 놓으면서 나를 보았다.

"왜?"

왜라니? 기가 막혔다.

"뭐?"

뭐라니?

"얘가 아침부터 눈을 땡그랗게 뜨고 왜 이래?"

도저히 밥이 목구멍으로 넘어갈 것 같지 않았다. 고등학교에 들어오면서 부쩍 공부가 어렵다는 생각을 하던 중이었다. 전 과목 수강도 아니고, 개인 과외도 아니고, 달랑 영어·수학 단과반까지 접으면 어떻게 공부를 해야 할지 엄두가 나지 않았다. 전 과목 수강에 국·영·수 개인 과외까지 받는 아이들이 대부분인데 무슨 수로 따라잡는다는 말인가? 고등학교 때부터는 내신 관리도 해야 하는데 내 성적은 누가 관리해 주며, 모르는 게 있으면 누구한테 물어봐야 할까? 과거나 현재는 그렇다고 치고 필사적으로 희망을 걸고 있던 미래마저 스위치가 내려지는 기분이었다.

그 순간 왜 인간 떼가 떠올랐을까? 설희나 예은이네 집은 꽤 부자이다. 예은이야 엄마가 학원을 하니 학원비 걱정은 없을 테고, 설희는 학원에 빠지려고 가끔 첩보 작전도 불사한다. 돈을 가장 많이 쓰는 건 아라다. 아라네 집도 부자임이 틀림없다. 내 주위에는 온통 부자 애들밖에 없는데, 왜 우리 집만 가난한 걸까?

엄마는 아무렇지도 않은 얼굴로 일어나더니, 싱크대로 가서 물을 틀어놓고 설거지를 시작했다.

"과일 가게 그만 접기로 했어. 골목에서 하는 과일 가게가 될 리가 없지. 근데 시장통에 들어갈 수가 없어. 자릿세가 장난이 아니야. 그 사람들 힘들게 장사해서 그렇지 다 부자더라. 우리는 꿈도 못 꿔."

중얼거리는 소리는 웅얼거리는 소리로 바뀌어 갔다.

"재개발로 밀려나지만 않았어도 거기서는 먹고살 만했는데, 세입자라고 보상도 한 푼 못 받고 쫓겨나서 이게 뭔 꼴이라니."

서러움이 목구멍으로 치밀고 있었다. 물이라도 한 잔 마셔야겠다 싶어서 싱크대 찬장을 여는데, 엄마는 내가 옆으로 온 줄도 모르는지 닦은 그릇을 닦고 또 닦고 있었다. 잔을 꺼내고 돌아서려다가 엄마 눈에서 눈물이 뚝, 떨어지는 것을 보았다. 조건 반사처럼 고개를 돌리며 뒷걸음질 치는데 베란다에서 담배를 피우고 들어오는 아빠와 눈이 마주쳤다. 조건 반사처럼 아빠는 고개를 돌리며 안방으로 들어갔다.

불공평하다. 나는 왜 가난한 집에 태어나서 계속 가난하게 살아야 하는 것일까? 예은이 엄마는 전신 마사지를 받으러 다닌다는데, 왜 우리 엄마는 얼굴 마사지 한번 받은 적이 없는 걸까? 설희 아빠는 일요일마다 골프를 치러 다닌다는데, 왜 우리 아빠는 엄마한테 담뱃값 아끼라는 소리나 들어야 하는 걸까? 다른 아이들은 학원을 빠지고 싶어서 그렇게 안달을 하는데, 나는 왜 학원에 가지 못해서 안달하는 것일까?

서둘러 가방을 메고 밖으로 나왔다. 답답한 마음에 하늘을 올려다보았다. 〈시편〉 33장 15절 말씀이 떠올랐다.

> 그는 그들 모두의 마음을 지으시며
> 그들이 하는 일을 굽어살피시는 이로다

혹시 살피기만 하시는 건가요?
〈에베소서〉 4장 1절 말씀도 떠올랐다.

> 하느님께서 여러분을 불러 주셨으니
> 그 불러 주신 목적에 합당하게 살아가십시오.

목적이 있기는 한 건가요?
나는 주님의 시선을 집요하게 느끼면서 학교에 갔다. 이 불공평한 세상에 대해 누가 설명을 좀 해 주었으면 싶었다. 그것을 알고 있는 분은 주님밖에 없지 않을까? 주님을 한번 만나고 싶었다. 꿈속에서라도 만나 따지고 싶었다.

〈예레미야〉 17장 7절 말씀이 떠올랐다.

무릇 여호와를 의지하며 여호와를 의뢰하는
그 사람은 복을 받을 것이라.

내가 외우고 있는 성경 말씀은 모두 이번 중간고사 범위 안에 있는 것들이다. 성경 선생님은 목사님이다. 선생님이 담임 목사로 있는 참다운 교회에 나오는 사람에게는 태도 점수 10점 만점을 주겠다고 하셨다. 점수도 중요하지만 지금 나한테는 뭔가 믿고 의지할 것이 필요하다. 〈예레미야〉 말씀처럼 믿고 의지한 것만으로 복까지 받으면 얼마나 좋을까?

끝나지 않는 시련

나는 인간 떼가 괴롭히지 못하도록 쉬는 시간마다 엎드려 있었다. 생각 같아서는 문제집이라도 풀고 싶지만, 오늘만큼은 정말 아이들을 멀리하고 싶었다. 나는 엎드린 채 경건한 마음으로 〈예레미야서〉 말씀을 곱씹었다. 하지만 점심시간만큼은 어쩔 수 없었다.

"어디 아프냐?"

김설희가 전혀 궁금하지 않은 얼굴로 물었다.

"머리가 좀."

그러니 오늘은 날 좀 내버려 둬.

"아파 보인다."

김설희는 그렇게 말하고는 끝이었다. 교회에 나가기로 결심만한 것뿐인데, 주님이 벌써 은총을 내리시는지도 몰랐다.

오늘 점심은 내가 좋아하는 돈가스였다. 인간 1, 2, 3은 또 대답 없는 질문들을 허공으로 쏘아 올리기 시작했다. 오늘 수업했던 선생님들의 의상과 화장에서부터 수업 시간에 설친 아이들이나 별다른 이유 없이 늘 씹히는 아이들과 아이돌 그룹을 돌아 숙제까지 탈탈 털어 버린 뒤 잠시 침묵이 있었다.

그 침묵을 깬 건 민예은이었다.

"설희 너, 오늘은 얘기 잘한다."

설희야 늘 얘기는 잘하지.

"아라는 혀 짧은 소리 안 하네."

아라가 언제 혀 짧은 소리를 했나?

"정미소."

"어?"

"네가 제일 정상이더라."

그리고 더 큰 침묵이 흘렀다.

"그거 말하고 싶어서 여태껏 어떻게 참았냐?"

아라였다.

"너는 뭐 제정신으로 보였는 줄 아냐?"

"내가 뭘?"

그날 카페에서처럼, 아이들 사이에 보이지 않는 신경 줄이 팽팽하게 당겨지기 시작했다. 누군가 손으로 저지라도 할라치면

날카롭게 베일지도 몰랐다. 그러고 보니 아이들은 그날 이야기를 하고 있는 모양이었다. 느닷없이 안성기의 집요했던 시선이 떠올랐다.

"내가 모르는 것 같지?"

아라는 뭘 알고 있는 걸까?

"뭘?"

예은이의 눈동자가 흔들렸다.

"네가 나 부러워하는 거."

아라는 예은이를 잡아먹을 것처럼 노려보며 말했다.

"부러워해도 소용없어. 넌 죽을 때까지 나 못 쫓아와. 그러니까 중학교 때처럼 그냥 찌그러져 있어. 까불지 말고."

그때였다. 예은이가 몸을 부르르 떨더니, 드라마에서 본 것처럼 아직 한 모금도 먹지 않아 물이 잔뜩 담긴 컵을 들어 아라 얼굴에 끼얹었다. 동시에 아라가 벌떡 일어나 예은이 머리채를 잡았다. 예은이도 손이 있으므로 아라 머리채를 잡았다. 긴 생머리의 두 여고생이 두 손으로 서로의 머리채를 흔들어 대며 잡힌 머리채가 아프다고 소리를 깩깩 질러 댔다. 정말 볼만했다. 선생님이 달려와 등짝을 때리며 말릴 때까지 우리는 현실에서는 정말 보기 힘든 귀한 장면을 구경했다.

선생님은 싸움을 말리지 않은 우리를 나무라며 한마디를 덧붙였다.

"동영상 찍은 놈들, 인터넷에 뭐라도 떴다 하면 다 퇴학인 줄 알아!"

나는 그제야 핸드폰을 만지작거렸다. 동영상 찍을 생각을 깜빡한 것이다. 예은이와 아라는 머리를 산발한 채 사극에서 귀양 가는 죄수처럼 선생님 뒤를 따라갔다. 모든 상황이 종료되고 자리에 털썩 주저앉았다. 그제야 주님의 시선이 느껴지기 시작했다. 나는 몸을 흠칫 떨었다. 친구들이 쌈질을 하는데 말릴 생각은 하지도 않고 즐거워했던 것이다. 내 안에 그런 천박함이 있다는 사실이 정말 당혹스러웠다.

"누가 선생님한테 꼰질렀냐? 아깝다, 누가 이기는지 봤어야 하는데."

김설희가 툴툴댔다. 내 수준이 저 바보 천지와 별반 다를 바 없다는 사실이 씁쓸하게 느껴졌다.

남은 돈가스를 먹으려는데 설희가 소리쳤다.

"너는 친구들이 저 꼴이 됐는데 돈가스가 넘어 가냐?"

나는 가만히 포크를 놓았다.

설희는 남은 돈가스를 칼로 헤집으며 구시렁거렸다.

"돈가스는 대체 무슨 고기로 만드는 거야? 소인가? 아님 닭?"

나는 마음속으로 〈히브리서〉 10장 36절 말씀을 떠올리며 이번 주에는 반드시 참다운 교회에 가겠다고 마음먹었다.

너희에게 인내가 필요함은 너희가 하나님의 뜻을 행한 후에
약속하신 것을 받기 위함이라.

조아라와 민예은은 5교시 수업에도 들어오지 않았다. 선생님
들이야 무조건 화해를 시키려 할 테니, 지금까지 돌아오지 않는
걸 보면 그 목표를 이루지 못한 게 분명했다. 나는 머릿속으로 시
나리오를 썼다. 조아라와 민예은이 철천지원수가 된다면 나는
아라 편을 들 것이다. 그러면 아라와 단짝이 되는 건가? 그건 넷
이 다니는 것보다 못하다. 이참에 인간 1, 2, 3 모두를 떨굴 방법
은 없는 것일까? 너희 둘이 화해할 때까지 나는 혼자 다니겠어,
정도면 구실도 있고 의리도 있어 보이니 괜찮은 것 같다. 그 정
도로 생각을 정리하려는데 뒷문이 드르륵, 열리더니 머리를 곱
게 빗은, 한 눈에도 꽤 정겨워 보이는 여고생 둘이 어깨동무를 하
고 나타났다. 그건 조금 전에 머리채를 붙잡고 싸우던 장면만큼
이나 엽기적이었다.

"야! 너네 어떻게 된 거야?"

설희가 교실이 떠나가라 소리를 질렀다.

"오해가 있었어."

아라는 반 아이들 시선을 의식하며 말했다.

'오해가 아닐 수도 있는데…….'

나는 안타까웠다.

"우리 화해했어."

민예은이 어울리지 않게 잔뜩 수줍어하며 말했다.

나는 너무나 실망하여 그만 책상 위에 엎드려 버렸다. 그때 누군가 등짝을 내리쳤다. 익숙한 손맛이었다.

"넌 친구들이 화해했는데 축하도 안 해 주냐?"

할 수 없이 자리에서 일어났다.

"넌 재네들이 화해한 게 짜증 나냐?"

김설희가 또 놀라운 직관력을 발휘했다.

"그럴 리가 있어?"

나는 잔뜩 쫄아서 말했다.

"근데 얼굴 표정이 왜 똥이야?"

"오늘 몸이 좀 그래."

"아, 맞다. 그렇다고 했지."

설희는 나를 놓아주는가 싶더니 주먹을 흔들어 대며 말했다.

"거짓말하지 마. 내가 모를 줄 알아?"

때마침 종이 울렸다.

비참한 기분이 들었다. 내가 생각하고 바라는 우정이란 이런 게 아니다. 우정이란 아무하고나 나누는 게 아니다. 진실한 마음을 나누며 어려울 때 돕고 지적인 이야기도 나눌 수 있어야 우정이다. 인간 1, 2, 3은 어떤 면으로 보나 내 친구가 되기에는 부족해도 한참 부족하다. 조아라는 제 멋대로인 데다가 이상하게 비밀이 많고, 민예은은 은근히 잘난 척하고 다른 사람이 잘되는 걸 못 보는 심술이 있다. 바보 천지 김설희야 말할 것도 없고. 내 친구라면 적어도 인생은 무엇인가, 라던가 인간으로 태어나서 느끼는 실존적 고독 같은 것에 대해서 함께 이야기 나눌 정도는 되어야 한다. 내 삶이 총체적으로 잘못되어 가고 있는 것 같다. 시련에서 나를 구해 줄 영혼의 친구는 어디에 있을까?

아담의 유혹

엄마는 학원비를 끊으면서 나에 대한 관심도 끊었는지, 내가 교회에 나가겠다고 하자 긍정도 부정도 하지 않는 애매모호한 태도를 취했다.

"네가 가고 싶으면 가는 거지 뭐."

그렇게 해서 나는 홀수로 교회에 나갔다.

참다운 교회는 내가 다니던 교회보다 훨씬 컸다.

썩은 물로 신음하는 아프리카 우물 파기 후원 회원 모집
소년 소녀 가장 및 독거 노인을 위한 바자회
위정자를 위한 새벽 부흥회

같은 현수막이 미스 코리아들이 어깨에 띠를 두른 것처럼 교회 건물에 띠를 두르고 있었다. 교회가 커서 활동도 국제적으로 하는 것 같았고, 위정자가 누구인지는 모르지만 새벽 부흥회까지 하는 걸 보면 참다운 교회는 불쌍한 사람들을 단 한 명도 놓치고 싶어 하지 않는 것 같았다. 그리고 눈에 가장 잘 뜨이는 곳에 걸린 현수막에는 이런 말이 쓰여 있었다.

주님은 당신을 사랑하십니다!

가슴이 뜨거워졌다. 사랑이란 얼마나 위대한가! 눈으로 보는 것만으로도 가슴이 사랑으로 가득 차는 것 같았다. 한 걸음 한 걸음 내딛는 발걸음마다 주님이 장밋빛 은총을 뿌려 주시는 것 같았다.

"어이, 쌀집!"

나는 혼자 온 티가 안 나게 최대한 앞만 보고 걸어갔다.

"쌀집 처자!"

나는 이제 주님을 믿고 따를 것이고, 주님은 내게 복을 주실 것이다. 걸음이 빨라졌다.

"아, 왜 이렇게 말을 못 알아먹어?"

하면서 내 앞을 막은 사람은 조아라 남친 훈남의 친구, 영화배우 이름이었다. 순간 이 아이의 별명이 궁금해졌다.

"너도 도장 찍으러 왔냐?"

강아지 같은 눈이다. 동그란 눈에 까만 눈동자가 가득하다. 반짝반짝 빛이 난다.

"무슨 도장?"

"태도 점수 백 점 도장."

강아지 눈이 킬킬대고 웃었다. 그 눈이 언제까지고 킬킬댈 것 같았으므로 나는 머뭇거리다가 말했다.

"그럼 이만……."

"도망가는 게 특기인가 봐."

강아지 눈이 느닷없이 팔을 잡았다, 나는 팔을 잡혔다. 카디건이 얇아서일까? 강아지 눈의 손가락 하나하나가 생생하게 느껴졌다. 내 몸에 팔만 있어서, 그곳에서 심장이 팔딱팔딱 뛰는 것 같았다. 강아지 눈이 나를 내려다보고 있다. 심장은 가슴에 안전하게 있었다, 이번에는 가슴이 터질 것처럼 팔딱팔딱 뛰기 시작한 것이다.

"왜 이래……."

나는 팔을 비틀어 뺐다.

"왜 이러는 것 같은데?"

또 웃는다.

나는 뒤늦게 강아지 눈이 쌀집 처자라고 부른 사람이 나라는 걸 깨달았다. 그날 나를 두고 뒷담화를 한 모양이었다. 놀림감이 된 것 같아 기분이 상했다.

"너 아무 소리 못 들었냐?"

강아지 눈은 입가에 웃음이 여전한 채로 팔짱을 끼면서 물었다.

"안성기!"

그만, 이름을 불러 버렸다.

"들어야 할 소리 같은 거 없어!"

나는 몸을 팩 돌렸다. 그리고 내 눈앞에는 인간 1, 2, 3과 훈남이 서 있었다. 현기증이 일었다. 인간 떼가 교회에 다닌다는 말은 없었는데, 나한테 교회에 나가자는 말도 없었는데, 언제부터 다녔던 걸까, 언제부터 나는 얘네들한테 떨궈진 걸까? 먼저 떨구려고 마음먹은 건 내가 분명한데도 이상하게 서러움 같은 게 몰려왔다. 나는 아이들을 스쳐 지나갔다. 아무도 나를 부르지 않았다.

예배당으로 들어와 자리에 앉았다. 괜히 주름치마를 입고 왔다는 생각이 들었다. 고등학교 입학 기념으로 아빠가 사 준 옷이었다. 길거리를 지나는데 마네킹이 입고 있는 게 너무 예뻐서 하나밖에 없는 딸 생각이 났다며 사 가지고 온 치마였다. 옷 가게 주인도 그렇지 마네킹한테 이런 조선 시대 치마를 입혀 놓다니 정신이 나간 게 틀림없다. 엄마가 아빠한테 다시는 옷 같은 거 사오지 말라고 하도 퉁바리를 줘서 할 수 없이 맘에 든다고 해 버린 옷이었다.

"거 봐. 미소는 나랑 취미가 비슷하다니까."

아빠는 기운이 나서 저항했고,

"취향이겠지."

엄마는 혀를 차면서 고개를 흔들었다.

"정말 안 바꿔도 되겠어?"

엄마 말에 나는 얼른 대꾸했다.

"그럼, 나도 은근 구식이잖아."

구식이라는 걸 뻔히 알면서도 결국 입어 버렸다. 아빠가 요즘 베란다로 나가는 횟수가 잦아져서 일부러 보여 주려고 입은 것도 있었다. 게다가 예수님을 만나러 오는 게 아닌가? 경건하게 입고 싶었다. 무릎 길이의 남색 주름치마에 하얀색 블라우스, 베이지색 니트 카디건. 주님 앞에서 무릎 꿇고 기도할 만한 복장 아닌가? 그런데 나는 왜 이렇게 화가 나는 걸까?

인간 1, 2, 3은 차려입을 대로 한껏 차려입었다. 엷은 화장까지 했다. 상큼하고 발랄해서 가까이 가면 좋은 향기가 날 것만 같았다. 미니스커트를 입은 아라는 마치 대학생 같았다. 그 짧은 시간 동안 어쩌면 그렇게 꼼꼼하게 보았을까? 그 애들과 비교하면 나는 70년대에서 순간 이동을 해 온, 인턴이라는 말이 있는지는 모르겠지만, 인턴 수녀님 같았을 것이다. 안성기한테 그런 내 모습을 보인 것이다. 내 꼴이 얼마나 우스웠을까. 잠시라도 그 자리에 있고 싶지 않았다. 다시는 안성기를 보고 싶지 않다, 보지 않으면 그만이다. 눈물이 치마에 뚝 떨어졌다. 예배당 안은 점점 열기가 고조되고 있어서 내가 눈물을 흘리는 것쯤 아무도 이상하게 보지 않았다. 여기저기서 "아멘!", "할렐루야!" 하는 소리가 들렸다.

성경 선생님은 학교에서 보던 것과는 느낌이 사뭇 달랐다. 자분자분 말씀하시던 분이 목소리도 우렁찼다. 교회에서 보니 왠지 머리도 덜 빠진 것 같고 배도 덜 나온 것 같았다. 나는 설교 말씀을 듣다가 고개를 들어 십자가를 우러러보곤 했다.

목사님은 이 땅이 저주받았다고 하셨다. 그 저주는 아담으로부터 내려왔단다. 아담이 이브의 유혹에 빠졌기 때문에 우리가 낙원에서 쫓겨나 힘들게 일하며 살게 되었다는 것이다. 설교 말씀은 금욕하는 생활의 중요성으로 이어졌다. 구구절절 맞는 말씀이었다. 예쁜 옷을 입고 싶고, 예쁜 구두를 신고 싶고, 새로 나온 핸드폰을 사고 싶고, 좋은 집에서 살고 싶고, 좋은 것을 먹고 싶고, 이 모든 것이 탐욕이라고 하셨다. 설교 말씀을 듣고 있자니 내 주름치마가 더 이상 부끄럽지 않았다.

이것이야말로 내가 듣고 싶던 말씀이었고, 이곳이야말로 내가 있어야 할 곳이라는 생각이 들었다. 말씀은 십일조로 건너갔다. 탐욕은 마음으로만 부려도 큰 죄인데, 그 죄를 씻을 방법은 자신이 번 돈 중 십 분의 일을 그 돈을 벌게 해 주신 주님에게 돌려드리는 것뿐이라고 했다. 그러면 주님이 더 큰 돈을 벌게 해 주신다고 했다.

우리 식구는 아무리 탐욕을 부리려고 해도 돈이 없어서 못 한다. 하지만 목사님은 마음으로 탐욕을 부렸어도 큰 죄라고 하셨다. 좋은 집에서 살고 싶어 해도 안 되고, 새로 나온 핸드폰을 갖고 싶어 해도 안 되고, 예쁜 옷을 입고 싶어 해서도 안 된다. 나는 단 하루도 탐욕을 부리지 않은 날이 없다. 주님이 우리 죄인을 구원하러 오셨다는 말씀에서는 나도 큰 소리로 "아멘!"을 외쳤다. 우리 집이 가난한 게 차라리 다행이라는 생각마저 들었다. 돈이 많은 사람들은 아무래도 더 탐욕을 부리게 될 것이 아닌가, 더 많은 죄를 짓게 될 게 아닌가.

예배를 마치고 나오자 속이 다 후련했다.

나는 아이들의 눈에 띄지 않으려고 걸음을 빨리했다. 도장은 고등부 전도사님한테 받아 오라고 했는데, 오늘은 주님의 은총을 듬뿍 받았으니 그깟 도장쯤은 포기하기로 했다. 도장 때문에 교회에 나온 것이 아니다. 오히려 도장을 받으면 주님이 나를 덜 예뻐할 것 같은 생각도 들었다.

교회 앞마당은 목사님이 신자들과 인사를 나누느라 북적북적했다. 한쪽에서는 대학생처럼 보이는 언니, 오빠들이 친절한 얼굴로 아이들을 모임으로 인도하고 있었고, 한쪽에서는 바자회 물품을 모집 중이었다. 어서 빨리 교회에서 벗어나고 싶었다. 대문을 통과하면서 목구멍까지 차오른 숨을 토해 냈다.

"뭐가 문제냐?"

누군가 그렇게 물었다. 주위를 둘러보았다. 잘못 들은 걸까? 다시 발걸음을 옮기려는데, 이번에는 내 이름을 부른다. 소리가 나는 쪽으로 고개를 들었다.

"대체 뭐가 문제야? 왜 화가 난 거야?"

안성기였다. 어떻게 올라간 걸까? 안성기는 교회 담벼락 위에 팔짱을 끼고 앉아서 나를 내려다보고 있었다.

"위험해."

그 말이 먼저 나왔다.

"왜 화났어?"

강아지 같은 눈에 걱정이 그득했다. 그 커다란 눈 속에 나를 놀리는 빛은 전혀 없었다.

"내려와."

"내려가면 말해 줄 거야?"

강아지 눈은 내가 대답도 하기 전에 한 손으로 가볍게 벽을 짚더니 훌쩍 뛰어내렸다. 또 너무 가까이 있다.

"나한테 왜 그러는 거야?"

나는 시선을 아래로 떨구고 물었다.

"좋으니까 그러지."

가슴이 쿵, 내려앉았다. 다리에 힘이 풀렸다. 좋다는 말을 이렇게 쉽게 하는 사람은 처음 보았다. 아니, 나한테 좋다고 얘기한 남자는 강아지 눈이 처음이다. 어찌할 바를 모르고 서 있는데, 강아지 눈이 상체를 굽히더니 얼굴을 모로 돌려 내 얼굴을 들여다 보았다. 또 너무 가까이 있었다.

"좀 당황스러울라나? 나도 너 처음 봤을 때 당황스러웠으니까 쌤쌤."

강아지 눈은 배시시 웃었다. 미치게 섹시한 웃음이었다.

"연락처 따자. 애들한테 물어보니까 안 가르쳐 준다. 네가 가르쳐 주지 말라고 했다며?"

"안 가르쳐 줘."

나는 그 말을 남기고 뛰기 시작했다. 뛰면서 이유를 생각했다. 도대체 뭐가 문제냐? 강아지 눈은 물었다. 도대체 뭐가 문제일까? 나는 왜 도망가는 걸까? 뭐가 두려운 걸까? 강아지 눈이 왜 위험하게 느껴지는 걸까? 어쩌면 위험한 건 내 마음 아닐까? 어떤 마음? 나는 생각을 멈추기로 했다. 가장 위험한 건 진실일지도 모른다. 나는 진실을 알고 싶지 않았다.

피하고 싶은 진실

오랜만에 세 식구가 둘러앉아 저녁을 먹었다. 아침을 같이 먹을 때는 있어도 저녁을 함께 먹는 건 정말 오랜만이었다. 부모님이 가게를 접은 게 실감이 났다. 나는 일부러 옷을 갈아입지 않았다. 아빠는 자꾸 슬쩍슬쩍 나를 건너다보며 헛기침을 했다. 웃음을 참고 있는 것이다.

"딸내미를 저렇게 만들어 놓고 그렇게 좋아?"

엄마가 퉁을 주었다.

"그렇게 이상해?"

다시 걱정이 쓰나미처럼 밀려와서 물었다. 아이들 눈에는 내가 어떻게 보였을까? 강아지 눈한테는 대체 어떻게 보였을까?

"블라우스라도 다른 걸 입지 그랬어?"

역시 인턴 수녀가 맞는 것 같다. 나는 목을 잔뜩 움츠리면서 말했다.

"그래도 목사님 설교 말씀에 딱 어울리는 복장이었어."

그 말에 자신감을 얻은 걸까? 아빠는 의기양양해져서 말했다.

"나는 우리 미소가 맨날 이렇게 입고 다녔으면 좋겠어."

"평생 끼고 살게?"

엄마는 그 한 마디로 굉장히 많은 의미를 전달하고는 다시 맛있게 밥을 먹기 시작했다. 나도 수저질을 시작했다. 밥을 먹고 국을 떠먹고 반찬을 먹으며 나는 내가 의식적으로 어떤 생각을 하지 않으려고 한다는 걸, 하지 않으려는 그 생각조차 하지 않으려고 필사적으로 노력하고 있다는 걸 알았다.

"정미소 양."

엄마가 불렀다.

"미소 양."

고개를 들었다.

"왜 얼이 빠졌어? 교회에서 누구한테 고백이라도 받았니?"

"무슨!"

나는 소리를 팩 질렀다.

"누군데?"

"그런 거 없다니까!"

조용한 식탁에 내 목소리가 메아리쳤다.

"없대잖아."

아빠는 엄마한테 눈을 흘기며 말하고,

"우리 딸내미 귀엽네."

엄마는 히죽 웃었다.

나는 다시 고개를 숙이고 집중해서 밥을 먹고 국을 떠먹고 반찬을 먹었다. 생각하지 말자, 생각하지 말자, 그러고 있는데 엄마의 한마디에 팽팽하게 붙잡고 있던 신경 줄이 뚝 끊어졌다.

"안성기가 광고했던 커피잖아."

강아지 눈이 두 손을 바지 뒷주머니에 찌른 채 허리를 굽혀 내 얼굴을 들여다본다.

"좋아서 그러지."

쿡, 웃음이 났다. 부모님은 뭔가 심각한 이야기를 하고 있던 모양인지 의아한 눈빛으로 나를 돌아보았다.

"목사님이 설교를 재미있게 해서, 자꾸 생각이 나네."

그렇게 둘러대고는 수저질을 빨리했다.

나는 강아지 눈을 떠올리지 않으려고 노력하는 것처럼, 내가 도망치고 있는 진실을 떠올리지 않으려고 노력했다. 내 이상형이 어떤 사람이었더라? 내가 쌍꺼풀이 진 남자를 좋아했던가? 동그란 눈에 눈웃음치는 남자를 좋아했던가? 키가 나보다 머리만큼 크고 마른, 눈썹이 짙고 코는 오뚝하고 입술이 도톰하고 피부가 까무잡잡한, 미친 새끼야 같은 욕을 아무렇지도 않게 하는,

나를 찾으려고 1층이 훌쩍 넘는 담장에 올라앉기도 하는, 나를 걱정이 가득한 눈으로 바라보는 그런 남자를 좋아했던가?

호흡이 곤란해지기 시작했다. 숨을 쉬는 입과 밥을 먹는 입은 하나였으므로 나는 남은 밥을 가까스로 입에 밀어 넣고 서둘러 자리에서 일어났다.

"술집이라……."

"술집 하려면 성당 다니면 좋을까?"

"찻집이라……."

"찻집 하려면 교회 다니면 좋을까?"

부모님은 그런 이야기를 하고 있었다. 월세라도 아끼려고 어떤 장사를 할지 정하기도 전에 가게를 뺀 탓에 걱정이 많은 모양이었다.

방으로 들어와 거울을 보았다. 거울은 진실을 보여 주지 않는다. 내 얼굴은 매일 똑같을 텐데 어떤 날은 예뻐 보이고 어떤 날은 못생겨 보인다. 오늘은 유독 못생겨 보였다. 짧은 단발에 흰색 블라우스, 남색 주름치마를 입은 내 모습은 태극기만 들면 대한 독립 만세를 부르러 거리로 뛰어나가도 손색이 없어 보였다.

"좋아서 그러지."

강아지 눈이 말한다.

"거짓말."

소리 내어 말했다. 이렇게 못생기고, 촌스럽고, 말도 재미있게 못 하고, 늘 뚱해 있는 나 같은 애를 좋아할 사람이 어디 있을까? 강아지 눈은 나를 놀리는 게 틀림없다. 자기를 좋아하게 만들어 놓고 "장난이야." 하고 말할 게 분명하다. "진짜인 줄 알았어?" 비웃으며 나를 비참하게 만들 것이다. 강아지 눈이 조금만 더 못생겼어도, 조금만 더 말을 어눌하게 했어도, 조금만 더 뚱뚱했어도 조금은 믿었을지 모른다. 강아지 눈은 말도 정말 잘하고 얼굴도 정말 귀엽고 매력적이다. 그런 미치게 괜찮은 애가 이런 나를 좋아한다는 건 그냥 개그 콘서트다. 이게 바로 내가 도망치고 싶던 진실이다.

이불 위로 쓰러졌다. 베개에 얼굴을 묻었다. 눈물이 쏟아지기 시작했다. 사람들은 모두 예쁜 사람들을 좋아하는데, 왜 예쁜 사람들은 별로 없는 걸까? 왜 대부분의 사람들은 못생겼으며, 내가 왜 그 대부분의 사람이어야 하는 걸까? 주님은 왜 내 인생을 이렇게 세팅했을까?

이상하게 몸이 뜨거웠다. 나는 망설이다가 손을 밑에 댔다, 불에 덴 것처럼 깜짝 놀라 손을 뗐다. 이브가 아담한테 준 건 선과 악을 분별하는 선악과인데, 나는 왜 이브의 유혹이 야하게 느껴지는 것일까?

돌아온 십자가

학교에 도착해서 점심시간이 되기 전까지 오만 가지 생각이 다 들었다. 내가 떨구기 전에 떨굼을 당했다는 게 기분이 묘했다. 떨궈질 수도 있다는 생각을 왜 한 번도 안 했을까? 노력하지 않고도 이렇게 한 방에 십자가를 벗어 버릴 수 있다니……. 주님의 그 깊은 뜻을 헤아릴 길이 없어 십자가 세 개를 내려놓은 그 자리에 정체를 알 수 없는 십자가가 가슴 시림을 동반하며 얹혀졌다.

이제 쉬는 시간에 화장실에 끌려가서 똥 싸는 애를 칸막이 하나 사이에 두고 똥 냄새를 맡으며 기다리지 않아도 되고, 주먹질을 하며 을러대는 꼴을 당하지 않아도 된다. 아줌마들한테 도서실에서 함께 공부하기로 했다는 거짓말을 하지 않아도 되고, 입은 옷이 어떠냐, 새로 산 틴트 색깔이 어떠냐, 같은 질문에 일일이 대답해 주지 않아도 된다. 쉬는 시간이면 수학 문제 하나를 더 풀 수 있고, 단어 하나를 더 외울 수 있고, 허리 운동도 할 수 있고, 기지개도 펼 수 있고…… 그런데 쉬는 시간이 이상하게 길었다.

아라한테 찍히지 않았다면 나는 어떤 아이들과 친구가 되었을까? 교실을 둘러보았다. 우리 반 아이들이 새 학기 첫날처럼 낯설게 느껴졌다. 이름을 모르는 아이들도 더러 눈에 뜨였다. 결론은 대부분의 아이들이 짝짓기를 마쳤다는 것이다. 뭐, 아무래도 좋았다. 수준 낮은 아이들한테 질질 끌려다니는 것보다는 외로워도 품위 있게 지내는 게 낫다.

나는 고독이 뭔지 안다. 사람이란 원래 고독한 존재이다. 고독하지 않기 위해서 영혼을 파는 짓 따위는 하지 않겠다. 내가 인간 1, 2, 3한테서 떨어져 나와 홀로 지내는 것을 안타까워하거나, 그동안 내가 그런 인간들하고 어울리는 것을 불쌍하게 여겼거나, 나와 친구가 되고 싶었으나 그 기회를 잃어 아쉬워했을 어느 수준 높은 영혼이 내게 다가와 우정을 나누자고 한다면 한 번쯤 생각해 볼 수도 있다.

점심시간이 다가오면서 입이 바짝바짝 타들어 갔다. 아무도 다가오지 않으면 혼자 밥을 먹어야 한다. 언제까지 혼자 먹어야 할까? 어쩌면 1학년 내내 혼자 먹어야 할지도 모른다. 떨궈진 애를 받아들이는 게 쉽지는 않을 것이다. 생각해 보면 나는 한 번도 남한테 먼저 친구 하자고 한 일이 없는 것 같다. 그렇다고 내가 무슨 아이들이 앞다투어 친구 하자고 할 만큼 매력이 있는 것도 아니다. 나와 가까운 자리에 앉은 나와 비슷하게 숫기 없는 누군가가 내 친구였다. 같이 화장실에 다니고, 같이 밥을 먹고, 이동 수업 할 때 나란히 어깨를 하고 복도를 지나가며 누가 들어도 상관없는 그런 이야기를 나누는, 그런 사이도 괜찮다고 생각했다.

시험을 보고 결과가 나오면 친구가 바뀌기도 했다. 어느 학원에 다니는지 어떤 문제집을 쓰는지 물어보면서 자연스럽게 접근하는 아이들 중에는 공부를 잘하는 애도 있고, 잘하고 싶지만 못하는 애도 있고, 자기는 못하지만 공부 잘하는 애를 친구로 두고 싶어 하는 애도 있었다. 그러면 나와 함께 다니던 공부를 잘하기도 하고 못하기도 했던 아이는, 함께 어울리기도 하고 혼자 떨어져 나가 다른 친구들과 어울리거나 때로는 학년이 끝날 때까지 혼자 다니기도 했다. 그럴 때면 미안한 마음이 들기도 하고 들지 않기도 했다.

친구라는 건 웬만하면 생기기 마련이고, 우정이라는 건 늘 오래가지 않았다. 학년이 바뀌면 새로운 친구들을 만났고, 그 친구들은 또 언젠가는 헤어질 아이들이었다. 지금까지 그렇게 생각해 왔다. 솔직하게 말하면 나는 친구들한테 별 관심이 없다. 학교생활을 하는 데 없으면 불편하지만 있다고 해서 크게 득이 될 것도 없는, 그런 게 친구였다. 그랬던 내가 지금 지성과 교양을 겸비한, 그런 친구를 만나 우정을 나누고 싶은 것이다. 모두 인간 1, 2, 3

때문이다. 아라 일행을 만나면서 내 영혼은 황폐해지고 자존감
은 무너졌다. 그런데도 떨굼을 당하다니! 지금 내 어깨에 놓인 보
이지 않는 십자가는 결코 십자가 세 개에 견줘 그 무게가 덜하다
고 볼 수 없는 것 같다.

드디어 점심시간이 되었다. 나는 그러려고 작정한 것처럼 종이
치자마자 책상 위에 엎드렸다. 그런 행동에 제일 당황한 건 나였
다. 밥을 안 먹기로 하다니! 오늘 반찬은 소고기 뭇국에 비엔나
소시지 볶음이었다. 위산이 맹렬하게 분비되고 아드레날린도 급
속하게 온몸으로 퍼지기 시작했다.

그때 구원의 여신처럼 내 왼쪽 어깨에 손 하나가 턱, 올려졌다.
내 몸은 또 나를 배신하고 꼼짝도 하지 않았다. 손이 어깨를 툭
툭, 쳤다.

'계속해서 치도록 해.'

간절히 바랐건만 손은 금세 멀어졌다. 누구였을까? 지금이라
도 일어날까? 너무 늦었을까? 생각만 분주할 뿐 내 몸은 얼음이
었다. 누군가 땡, 해 주기를 간절히 기다리는.

"미소."

그렇게 내 이름을 부르며 옆구리로 주먹 하나가 들어왔다. 저
절로 몸이 바로 세워졌다.

"빨리 인나. 배고파 뒤지겠다."

바보 천지 김설희였다.

"화 많이 났냐?"

아라가 팔짱을 끼며 애교를 떨어 왔다. 보이지 않는 십자가는 순식간에 물거품이 되어 사라지고 내 어깨에는 다시 세 개의 십자가가 얹혀졌다. 고깃국에 소시지 반찬으로 배불리 밥을 먹고 나니 십자가의 무게가 새삼스럽게 전해졌다.

우리는 단합 대회라는 명분으로 다시 그 카페에 갔다. 비로소 알게 된 카페 이름은 '다모아'였다. 짙은 고동색 나무를 엇대어 이은 것 같은 간판에 오른쪽으로 기울어진 흘림체로 '다모아'라고 쓰여 있었다.

처음에 왔을 때는 보지 못했던 것들도 하나둘 눈에 들어왔다. 한쪽 벽면에는 피부가 검은 아이들 사진이 붙어 있었는데 그 위로 '아프리카 아동을 후원해 주세요'하는 글씨가 적혀 있었다. '소년 소녀 가장을 위한 무료 바리스타 교육'과 '청소년들을 위한 힐링 자전거 대장정'이란 글귀도 보였다. 도대체 카페 사장님이 누구기에 이렇게 좋은 일을 많이 하는 걸까? 교회만 좋은 일을 하는 줄 알았더니, 이 세상에는 좋은 일 하는 사람들이 꽤 많은가 보았다. 가슴이 훈훈해져서 자리에 앉는데, 아라가 불쑥 뭔가를 내밀었다. 참다운 교회 회보였다.

"네 도장 내가 대신 받아 왔어."

"나는 괜찮아."

대체 뭐가 괜찮다는 걸까? 내 몸은 내 것이고 내 입도 내 것인데 왜 내 것들이 수시로 나를 배반하는 걸까?

"거 봐, 내가 괜찮을 거랬잖아."

민예은은 꼰 다리를 건들거리며 대꾸했다. 나는 두 손을 펴서 가만히 내려다보았다. 〈마태복음〉 5장 30절 말씀이 떠올랐다.

또한 만일 네 오른손이 너로 실족하게 하거든 찍어 내버리라.
네 백체 중 하나가 없어지고
온몸이 지옥에 던져지지 않는 것이 유익하니라.

주님은 뭐든 몇 배로 갚아 주시는 분임이 틀림없었다. 나는 주먹을 꽉 쥐었다.

"우리끼리만 교회에 간 건 그럴 만한 사정이 있었어."

아라가 설희 쪽을 슬쩍 건너다보며 말했다.

"설희가 거시기 보고 싶다고 했거든."

예은이가 재빨리 덧붙였다.

거시기? 안성기?

"거시기는 미소 너 때문에 교회 온 거고."

예은이는 도무지 그 이유를 알 수 없다는 뜻을 온몸으로 전하며 말했다.

"미소 때문인지 아닌지 어떻게 알아?"

순간 설희가 주먹으로 테이블을 탕, 치면서 소리쳤다. 다른 테이블에 앉은 사람들이 깜짝 놀란 듯 돌아보았다. 우리가 너무 시끄러운 걸까? 생각해 보니 지난번에도 그렇고 카페가 이상하게 조용하다. 음악 소리도 낮지만, 손님들도 너무 소곤거린다. 여기 오는 사람들은 다 무슨 스파이 같은 거여서 비밀 이야기만 하는 것 같았다.

"그날 무슨 얘기 했어?"

설희는 테이블 위에 올려놓은 주먹에 힘을 주며 물었다.

'내가 무슨 얘기를 했건 말건 무슨 상관이야? 너 따위한테 일일이 보고할 의무 없어!'

라고 나는 말하지 못한다.

"별 얘기 안 했는데."

인간 1, 2, 3의 시선이 모두 나에게 쏠렸으므로, 나는 주섬주섬 말할 수밖에 없었다.

"전화번호 물어봤어. 안 가르쳐 줬고."

나는 눈앞에서 어른거리는 강아지 눈의 영상을 애써 지워 버리며 최대한 시큰둥하게 이야기했다.

"거봐. 미소는 관심 없다니까."

예은이는 또 정말 이해할 수 없는 일이라는 뜻을 온몸으로 전하며 말했다.

"거시기가 너한테 관심 있는 것 같아서 교회 같이 가자고 안

한 거야. 됐지?"

아라는 그렇게 상황을 정리했다.

"되긴 뭐가 돼? 이제부터 시작이야."

김설희는 눈에 레이저를 장전하고 나를 쏘아보았다.

"너는 왜 우리 따 시켰어?"

뛰어난 직관의 소유자. 어쩌면 아이큐는 모자라도 이큐는 상당히 높을지도 모르겠다는 생각이 들었다.

"그게 논리적으로 말이 되냐?"

아라의 한마디에 설희는 눈에 초점을 잃었다.

"한 명이 세 명을 따 시킨다는 게 논리적으로 말이 되냐고?"

설희는 논리라는 말에 걸려 직관력을 잃었다.

"안 되나?"

배시시 웃는다, 바보 천치.

아라는 사과의 뜻으로 나를 제외한 나머지 애들한테 돈을 걷어 음료수와 티라미수 케이크 한 조각을 사 왔다.

달콤하고 부드러운 티라미수를 포크로 떠서 입에 넣는데 강아지 눈이 떠올랐다. 바지 뒷주머니에 두 손을 찌르고 허리를 굽혀 내 얼굴을 들여다본다, 얼굴이 점점 더 다가온다, 눈이 스르르 감긴다, 내 입술에 그 애의 입술이 맞닿는다, 황급히 고개를 흔들었다. 귓불이 달아오르는 게 느껴졌다. 나는 고개를 숙이고 묵묵히 차가운 요거트를 빨대로 힘차게 빨며 아이들 이야기를 들었다.

예은이가 아라를 오해했던 이유는 갑자기 돈을 너무 많이 썼기 때문이라고 했다.

"얘는 내가 무슨 원조 교제라도 하는 줄 알았댄다. 말이 되냐?"

아라는 어처구니없어했다.

"나는 아라 네가 걱정이 돼서 그랬지."

예은이가 변명하듯 말했다.

아라는 지난달부터 함께 살게 된 새어머니 눈 밖에 나서 집안에 분란을 일으킬 목적으로, 새어머니 지갑에서 꾸준히 돈을 훔쳤다고 했다. 가발을 산 것도 같은 목적으로, 새어머니 속을 뒤집어 놓으려고 일부러 샛노란 색을 샀고 가끔은 집에서 쓰고 돌아다니기도 한단다.

"새어머니가 마음에 안 들어?"

나는 정말 궁금했다.

김설희가 어처구니없다는 듯이 말했다.

"당연하지! 새어머니잖아!"

그리고는 또 짧은 앞머리를 그냥 두지 못하고 바짝 추켜올려 깻잎 모양의 커다란 핀으로 찌르고는 만족스럽게 웃었다.

"새어머니면 뭐 무조건 안 좋은가?"

나는 완전히 기어들어 가는 목소리로 옹알거렸다.

"아빠한테 아무래도 여자가 생긴 것 같아."

설희가 방언을 하듯이 말했다.

"분명히 젊은 년일 거야. 드라마 같은 데 보면 그렇잖아. 그 년을 죽여야 하는데. 누구, 나랑 같이 우리 아빠 미행할 사람?"

설희가 또 너무 큰 소리로 떠드는 바람에 손님들이 다시 우리를 돌아보았다.

"창피해 죽겠어, 정말."

예은이는 설희 입을 손으로 막았고, 아라는 히죽거리며 핸드폰으로 문자 메시지를 보내기 시작했다.

십자가 세 개가 나은가, 보이지 않는 가슴 시린 십자가 한 개가 더 나은가?

나는 아이들 모르게 아주 긴 한숨을 내리쉬었다.

우리를 시험에 들게 하지 마시옵고

참다운 교회에 나가는 사람에게 태도 점수 10점을 주는 것은 헌법에 적혀 있는 종교의 자유에 어긋난다는 학부모들의 항의가 빗발쳤다. 아이들은 쉽게 동요하여 이참에 진정한 자유를 쟁취하기 위해서는 성경이라는 과목 자체를 없애야 한다고 주장했으나 예배에 참석하는, 학교에 결석하지 않는 이상 예배에는 참석할 수밖에 없다, 학생 모두에게 태도 점수 10점 만점을 주기로 하는 것으로 상황은 일단락되었다. 그 소식을 듣자마자 인간 1, 2, 3은 교회를 관두어서 나는 다시 혼자 참다운 교회에 나갔다.

학교에서는 머리에 널어놓은 머리카락이 방향을 잘못 잡아 귀 밑에서 대롱거리는 것도 모르고 기운 없는 목소리로 옹알옹알 예배를 드리던 목사님이 참다운 교회에서는 비분강개하여 설교를 하셨다. 교회에 다니는 사람만이 구원받을 수 있다. 마귀의 농간으로 너무 많은 어린 양들을 잃어버려서 가슴이 찢어지는 것처럼 아프다, 목사님은 실제로 울먹이는 목소리였다. 어린 양들이 불구덩이 속에서 영원히 끝나지 않을 형벌을 받을 생각을 하면 잠을 잘 수가 없다, 목사님은 거기까지 말하고는 갑자기 우리를 돌아보며 말씀하셨다.

"주님은 여러분을 특별히 선택하셨습니다. 그런 여러분이 고통을 겪기를 바라시겠습니까?"

"아멘!", "할렐루야!", "주여!"하는 소리들이 터져 나오기 시작했다.

"특별히 선택한 여러분이 시련을 겪기를 바라시겠습니까?"

"아멘!", "할렐루야!", "주여!"하는 소리 틈틈이 울음소리가 섞이기 시작했다.

"특별히 선택한 여러분이 가난하기를 바라시겠습니까?"

여기저기서 방언들이 터져 나왔다.

"지금 고통받고 있습니까? 지금 시련을 당하고 있습니까? 지금 가난 중에 헐벗고 있습니까? 주님이 다 아십니다. 주님이 다 갚아 주십니다. 주님이 다 돌려주십니다. 기도하십시오. 더 열심히 기도하십시오. 주님께 증거하십시오. 어떻게 증거하시겠습니까? 주님에 대한 사랑을 어떻게 증거하시겠습니까?"

가슴이 뜨거워졌다. 내 모든 것을 다 알고, 내 허물을 덮어 주고, 나를 위해 십자가에 못 박히신 주님을 위해 나는 무엇을 해야 할까? 내 사랑을 어떻게 표현해야 할까? 눈물이 흐르기 시작했다.

붉은 천으로 된 헌금 바구니가 도는 동안 합창단의 아름다운 노래가 교회 안을 가득 메웠다. 목사님은 제단 아래 바쳐진 헌금 바구니에 축복하시고는 주님의 사랑을 증거하기 위해 기부금을 낸 사람들이라며 이름과 금액을 읽어 주셨다. 그중에는 5백만 원을 낸 사람도 있어서 깜짝 놀랐다. 순간 엄마가 한 말이 떠올랐다. 주님은 우리 집 빚이 얼마인지도 알기 때문에 십일조를 내지 못해도 서운해하지 않으실 거라는……. 주님이야 물론 그러시겠지만, 기부금은 고사하고 십일조도 내지 못하는 부모님이 나는 좀 부끄럽게 생각되었다. 부모님을 부끄럽게 생각했다는 것 때문에 죄책감이 들었다.

부모님이 교회에 다니지 않는 것도 마음에 걸렸다. 목사님은 교회에 나가지 않으면 죽어서 지옥 불에 떨어질 거라고 하셨다. 아주아주 착하게 살아도 지옥 불에 떨어질 거라고 하셨다. 그런데 교회에 나가는 건 착하게 살기 위해서가 아닌가? 교회에 나가는 것보다 착하게 사는 게 더 중요한 것 아닌가? 그러면 목사님 말씀은 좀 이상하지 않은가? 목사님 말씀을 의심한 것 때문에 나는 또 죄책감이 들었다.

뜨거운 열기 속에서 뜨겁게 타올랐던 내 마음은 교회를 나오면서 점점 차갑게 식어 갔다. 처음 참다운 교회에 나갈 때는 이런 마음이 아니었다. 예배 시간은 좋다. 그런데 이유를 알 수 없는 이 미진함은 무엇 때문일까? 나는 좀 더 오래 충만해 있기를 바라고 좀 더 오래 평화롭기를 바라는 것이다. 잃어버린 양 한 마리를 되찾으려고 내가 교회에 오기만을 바랐던 주님이 이제는 그것만으로는 부족해 하시는 것 같다. 요즘에는 부쩍 주님에게 빚진 느낌마저 든다.

어쩌면 나는 생각을 멈추는 것이 두려워 더 집요하게 원인을 파고드는지도 몰랐다. 일부러 생각에 잠긴 척 천천히 걷는지도 몰랐다. 이제 강아지 눈이 올라앉아 있던 담장을 지나가야 하기 때문이다. 고개를 들어 강아지 눈이 있는지 확인하고 싶었다. 또 그 자리에서 걱정 가득한 눈으로 나를 보고 있는 건 아닌지 알고 싶었다. 나는 고개를 푹 숙이고 걸음을 빨리했다. 강아지 눈이 그 자리에 없다는 사실을 확인하는 게 두려웠다. 아니, 내가 더 두려운 건 강아지 눈이 또 내 앞에 나타나서, 그것도 아주 가까이 다가와서 이상한 소리를 해 대는 것이다.

교회 담이 다 끝날 때까지 나를 부르는 사람은 아무도 없었다. 어느새 횡단보도 앞에 섰다. 파란불로 바뀌면 횡단보도를 건너야 한다. 나는 아주 조그만 소리도 놓치지 않으려고 잔뜩 신경을 곤두세웠다. 신호등이 파란불로 바뀌고, 다시 빨간불로 바뀌고, 다시 파란불로 바뀔 때까지 나를 부르는 사람은 아무도 없었다.

나는 한동안 바뀌는 신호등을 노려보며 그 자리에 서 있었다. 다시 한 번 교회로 가 볼까? 하는 생각이 드는 순간 비참한 기분이 들었다.

강아지 눈은 장난이었던 것이다. 역시 내 생각이 맞았다. 전화번호를 안 가르쳐 준 게 얼마나 다행인가? 진짜 나를 좋아했다면 한 번 거절했다고 그렇게 쉽게 포기할 리 없다. 비로소 얼굴을 들었다. 만약 우연이라도 한 번 더 마주친다면 모른 척하리라 생각했다. 한 번이라도 더 보았으면 좋겠다는 생각이 드는 순간 다시 한 번 비참해졌다. 주기도문을 외우며 마음을 진정시키기로 했다.

하늘에 계신 우리 아버지여,
이름이 거룩히 여김을 받으시오며,
나라가 임하옵시며,
뜻이 하늘에서 이루어진 것 같이
땅에서도 이루어지이다.
오늘 우리에게 일용할 양식을 주시옵고,
우리가 우리에게 죄지은 자를 사하여 준 것 같이
우리 죄를 사하여 주시옵고,
우리를 시험에 들게 하지 마시옵고

어쩌면 강아지 눈은 나를 시험에 들게 하는 마귀인지도 모르겠다. 나는 아직까지 자위행위라고는 해 본 적이 없는데, 강아지 눈을 떠올리면 몸이 자꾸 이상해지기 때문이다. 강아지 눈을 마귀로 결론 내리자 마음이 아주 편해졌다. 평화를 얻은 것만 같았다.

신호등의 파란불이 내 마음도 환하게 밝혀 주는 것 같았다. 빨리 집으로 가서 가방을 가지고 도서관에 가야겠다는 생각뿐이었다. 구립 도서관은 대기하는 시간이 길기 때문에 벌써 너무 늦은지도 몰랐다.

순간 내 눈이 마귀를 보았다. 마귀는 횡단보도 앞에서 이리로 건너올 생각은 하지도 않고 팔짱을 끼고 나무에 비스듬히 기대서 있었다. 가슴이 쿵, 하고 내려앉더니 쿵덕쿵덕 절구질을 시작했다. 마귀를 본 순간, 내가 얼마나 마귀를 보고 싶어 했는지 느낄 수 있었다. 그런 내 마음을 들킬까 봐 고개를 숙였다. 어쩌면 피하는 느낌을 줄지도 모른다. 마귀가 언젠가 그러지 않았던가? 너는 왜 맨날 도망가냐고. 그런 게 아니라는 걸 보여 주려고 얼굴을 들었다. 분명 내 쪽을 보고 있다. 내 다리는 배터리가 모자란 로봇처럼 부자연스럽게 걷기 시작했다. 걸을 때마다 끼이익, 하는 소리가 나는 것만 같았다. 입은 저절로 벌어져 나는 의식적으로 입술을 앙다물었다. 모른 체하리라, 불러도 대답하지 않으리라, 짧은 시간 동안 몇 번이나 결심을 하며 인도에 오르려 할 때였다. 얼굴이 조그맣고 귀여운 여자애 하나가 후다닥 달려가더니 마귀한테 아는 체를 했다.

"안!"

짧은 반바지에 걸그룹 멤버 같은 다리를 한 여자애는 안성기도 아니요, 성기는 더더욱 아니요, 거시기도 아니고, '안'이라고 부른 것이다. 저렇게 부르는 방법도 있구나 하는 생각이 드는 것과 동시에 가슴이 뻥 뚫린 것처럼 시렸다. 저런 애칭으로 부르는 아이니 마귀의 여친이 분명하다. 마귀는 저렇게 귀엽고 깜찍한 여친이 있는데도 불구하고 나를 놀려 먹은 것이다. 아니, 그보다 지금 마귀가 횡단보도에 서 있는 이유는 여친과 만날 약속을 했기 때문이다. 나를 보려고 했다면 좀 더 빨리 왔어야 했다.

왜 진작 그 생각을 못 했을까? 마치 뺨을 맞은 것처럼 얼굴이 화끈거리고 가슴이 불쾌하게 뛰기 시작했다. 걸음을 빨리했다. 빨리 집에 가서 신경 써서 입고 온 하늘색 청바지와 프릴 달린 티셔츠를 벗어 버리고 싶었다. 제일 좋아하는 옷인데도 이 옷 때문에 더 바보처럼 느껴졌다. 차라리 잘된 일인지도 모르겠다. 마귀하고는 이제 끝이다.

"기다려!"

마귀인 듯한 음성은 나를 부르는 게 아닐 것이다.

"정미소, 좀 서 보라니까!"

내 다리는 다시 배터리가 나가 삐꺽거리기 시작했다. 내 의지는 그러하지 않았으나 몸이 말을 듣지 않아 그 자리에 설 수밖에 없었다. 얼른 얼굴을 수습했다.

"어? 왜?"

최대한 아무렇지도 않은 얼굴이어야 한다.

내 앞에 서 있는 마귀는 머리에 뿔도 없고 입이 찢어지지도 않았고 꼬리도 달리지 않았다.

"다행이다, 얼굴 봐서."

마귀는 다시 강아지 눈으로 돌아와서 조금은 쓸쓸한 빛으로 말했다. 어쩌면 그건 내 착각인지도 모른다. 전혀 귀엽지도 예쁘지도 않은 나는 너무 쓸쓸했다.

"보고 싶더라."

순간 세상이 정지했다. 강아지 눈도 정지했다. 나도 정지했다. 이 세상에 존재하는 생명이 있는 모든 것들이 강아지 눈이 한 말을 영원히 봉인하기 위해 시공간을 이탈하고 있었다.

"이상하지? 나는 가끔 너를 본 것 같기도 해."

뭐가 이상하다는 걸까? 나 같은 애를 보고 싶어 한 게 이상하다는 뜻일까, 아니면 가끔 나를 우연히 보았다는 뜻일까? 나는 강아지 눈의 말을 이해하지 못해서 그 뜻을 물어볼 수 없었다.

"정훈이를 족쳐서 네 번호를 딸 수도 있어. 하지만 나는 너한테 직접 딸 거야."

"나한테 그렇게 자신이 있니?"

나는 왜 팅기고 있는 걸까?

"아니."

강아지 눈은 말했다.

"너한테 자신이 있는 게 아니라 나한테 자신이 있는 거야."

나는 또 무슨 소리인지 알 수가 없어서 가만히 있었다.

"내가 너를 많이 좋아하거든. 무슨 말인지 알지?"

모른다. 그래도 내 귀에 정확히 들려온 말은 너를 많이 좋아한다는 것, 강아지 눈이 나를 많이 좋아한다는 것이다.

나는 방향을 잡지도 않고 아무 생각 없이 걸음을 떼었다. 서서 이야기하는 것이 너무 어색했다. 강아지 눈은 가끔 나를 돌아보면서 보폭을 맞추었다. 어떻게 해야 할지 알 수 없었다. 걸으면서 이야기하는 것도 너무 어색했다.

"설희가 너 좋아하는 거 알아?"

무슨 마음으로 이런 질문을 한 걸까?

"알아. 상관없어."

이런 대답을 듣고 싶었던 걸까?

내가 진짜 묻고 싶은 말은 왜 나 같은 애를 좋아하느냐는 것이었지만, 자존심이 상해서 도저히 물어볼 수가 없었다.

"우리, 친구 하자."

강아지 눈은 히죽 웃으며 말했다.

너는 친구를 원래 이렇게 쉽게 먹니? 친구랑 여친이랑 다른 거니? 친구 하면 뭐가 달라지니? 손은 잡을 수 있니? 뽀뽀는 할 수 있니? 머릿속으로 오만 가지 생각이 떠올랐지만 하나도 물어볼 수가 없었다.

"괜찮지?"

강아지 눈은 느닷없이 내 머리를 쓱, 쓰다듬었다.

'친구 되면 이렇게 머리를 쓰다듬어 주는 거니?'

머릿속이 온통 뒤죽박죽이었다.

"설희는 왜?"

나는 또 설희를 물었다.

"왜 안 좋아하냐고?"

응, 뭐 그런 대답도 좋고.

"백치미는 내 취향이 아니야."

남자나 여자나 보는 눈은 비슷한가 보았다.

"꼭 그렇지는 않은데."

"그런 얘기는 그만하고."

강아지 눈이 나를 돌려세웠다. 정확하게 다섯 개씩, 열 개의 손
가락이 내 어깨를 살짝 잡았다.

"이제 번호 따자."

윙크를 한다.

순간 커다란 불신이 회오리바람처럼 나를 꼼짝 못하게 가두어
버렸다.

"윙크는 습관이니?"

"내 매력이지."

"터치는 원래 이렇게 쉽게 하니?"

"그건 애정 표현이고."

너는 원래 이렇게 여자를 잘 유혹하니? 네 핸드폰에는 여자애들 번호가 대체 몇 개나 저장되어 있니? 너 바람둥이지? 나하고는 얼마나 사귈 건대? 지금 혹시 양다리를 넘어서 문어 다리 아니니?

강아지 눈은 내 어깨에서 손을 떼더니 팔짱을 끼었다.

"넌 너무 심각해."

그날처럼, 허리를 굽혀 내 얼굴을 들여다보았다.

"심각해서 네가 좋아, 하지만 계속 심각한 건 싫어. 나는 그 심각한 걸 다 깨 버릴 거야."

강아지 눈은 씽긋 웃고는 한 손으로 내 머리를 헝클어뜨리고 몸을 돌려 가 버렸다. 나는 당황해서 잠시 서 있었다. 바보 천치가 된 기분이었다.

건전하고 순결한

나는 중간고사 시험 범위가 발표되자마자 자율 학습을 신청했다. 인간 1, 2, 3은 서로 같기도 하고 다르기도 한 학원들로 뿔뿔이 흩어졌다. 몰려다닐 때는 괴로웠고, 혼자 다니려니 무료했다.

세상에 완벽한 건 없는 걸까? 완벽한 감정이라는 건 맛볼 수 없는 걸까? 어린 시절, 무더운 여름이었다. 냉장고를 열자 조그만 플라스틱 바구니에 빨간 딸기가 수북이 담겨 있었다. 나는 냉장고 문을 달을 겨를도 없이 딸기를 입안에 쑤셔 넣었다. 급하게 먹는 바람에 달콤한 즙이 턱으로 줄줄 흘러내렸다. 즙을 닦을 새도 없었다. 마지막 딸기를 입에 넣으며 행복한 포만감에 젖으려는 찰나 엄마한테 머리통을 얻어맞았다. 더 어린 시절로 내려가면 엄마의 빈약한 젖가슴에 매달려 한 방울의 젖이라도 더 먹어

보겠다고 이를, 이가 아니라 잇몸이었겠지만, 악물었던 그때 형체를 알 수 없는 매정한 물체에게, 엄마의 손바닥이었겠지만, 엉덩이를 가격당했던 순간도 분명히 있었을 것이다.

기쁨을 준비하면 배반당하기 십상이니 슬픔과 좌절을 준비하여 조금이나마 괴로움을 더는 것이 지혜로운 삶의 태도가 아닐까? 동시에 아직 오지도 않은 미래를 위해 마냥 우울하게 지내는 것도 바보 같은 짓이라는 생각이 들었다.

나는 강아지 눈에게 전화번호를 가르쳐 주지 않은 것을 진심으로 기뻐했다. 곧 있으면 시험 기간이기도 하고 예은이가 조사한 정보에 의하면 강아지 눈은 나쁜 남자가 분명했기 때문이다.

"나는 나쁜 남자 좋아."

설희는 몽롱한 표정으로 이야기했다. 강아지 눈을 두고 뭔가 야한 생각을 하는 게 분명했다.

"막상 사귀어 보면 별로야."

남자를 좋아라 해서 경험도 많은 아라는 나쁜 남자도 사귀어 본 모양이었다.

"난 대학생 되면 사귈 거야."

예은이는 진심은 아닌지 눈빛이 흔들렸다.

"우리 엄마가 그러는데 고등학교 남자애들은 남자도 아니래. 그냥 고삐리래."

예은이는 시험 범위가 발표되자마자 모범생 모드로 들어갔다.

여드름도 그냥 방치하는지 이마에 울긋불긋 솟아오르고 있는데도 아무렇지 않은 모양이었다.

"미소, 넌?"

아이들은 가끔 내 의견도 물어 온다.

"건전하게 교제하면 괜찮겠지."

나는 목사님 말씀을 떠올리면서 말했다. 목사님은 지난 주일 요즘 남녀 사이에 칼부림이 많이 일어나는 건 건전하게 교제하지 않기 때문이라고 하셨다. 육체적 쾌락은 마귀의 유혹과도 같아 한번 빠지기 시작하면 끝을 알 수 없는 데까지 떨어지는데 바로 그 끝이 지옥의 불구덩이며, 손을 잡으면 뽀뽀하고 싶고 뽀뽀하면 안고 싶은 법이라 결혼할 사이가 아니라면 손도 잡아서는 안 된다고 하셨다. 나는 미치게 섹시한 강아지 눈과 교제하지 않기를 잘했다는 생각이 들었다. 그런데 완벽한 걸 좋아하는 목사님은 거기에서 한발 더 나아가 머릿속으로 간음한 것도 실제로 간음한 것과 마찬가지라고 하셨다. 주님은 하나를 실천하면 하나를 더 원하신다. 나는 주님의 마음에 드는 순수한 영혼이 되기에는 애당초 틀린 게 아닐까 하는 생각마저 들었다.

"건전한 게 뭔데?"

조아라가 상당히 불편하다는 듯이 물어 왔다.

"정조를 지키는 거?"

나는 자신이 없어서 우물거렸다.

"정조? 정조 임금님?"

설희의 말에 모두 웃음을 터뜨렸다. 나도 웃었고, 웃는다고 설희한테 이마를 한 대 맞았다.

"조선 시대 사냐?"

아라는 어이없다는 듯이 웃으며 말했다.

"임금님을 왜 지켜?"

설희는 정말 궁금한 모양이었다.

"임금님이 아니고 순결."

예은이는 아이들이 들을까 봐 그러는지 소곤거렸다.

"순결?"

바보 천치는 또 야한 생각을 하는지 배시시 웃으며 볼을 발그레하게 물들였다.

"그거야 개성이지 뭐."

아라는 이야기가 지루한지 제자리로 돌아갔다. 민예은은 문제집을 꺼냈다. 그러고 보니 참 조용한 점심시간이었다. 아이들은 잠을 자거나 공부를 하거나 둘 중 하나였다. 우리만 떠들고 있었다. 나도 교과서를 꺼냈다. 설희는 거울을 꺼냈다. 그리고 아직 2교시가 더 남았는데 느닷없이 화장을 시작했다. 씨씨 크림을 바르는 손놀림이 꽤 능숙했다. 설희에게서 프로다운 모습을 본 건 처음이었다.

강아지 눈은 왜 나쁜 남자가 되었을까? 바람둥이보다는 낫지만 말이다. 아직 전화번호도 가르쳐 주지 않았는데 왜 다시 나타나지 않는 것일까? 강아지 눈을 보지 않으니 내 마음이 점점 더 순결해지고 있는 것 같다. 강아지 눈하고 사귀지 않으니 건전한 교제를 걱정하지 않아도 되고, 육체적 쾌락에 빠지지 않아도 되고, 아이들한테 고백 비슷한 걸 받았다는 이야기도 힘들게 할 필요가 없다. 김설희는 길길이 날뛸 것이다, 질투심에 불타 나를 죽일지도 모른다.

이렇게 좋은 점이 많은데, 나는 왜 그 애가 이다지도 보고 싶은 것일까?

혼자 공부하는 건 쉽지 않은 일이었다. 고작 단과반에나 다닌다고 생각했는데, 그 단과반이 나를 관리했던 모양인지 이상하게 시간이 뭉텅뭉텅 잘려 나갔다. 야간 자율 학습은 9시 30분까지 했는데, 한 반에 고작 대여섯 명이 전부였다. 선생님들은 관리가 안 된다며 아이들을 한 교실에 몰아넣었지만 두 반도 채우지 못했다. 실은 관리도 필요 없었다. 교실은 엄숙했다. 아이들에게서는 가난의 냄새가 났다. 가난한 아이들은 필사적으로 공부하고 있었다. 창밖으로 노을이 붉게 물들 때 교실에 들어왔는데, 고개를 들면 어느 틈엔가 칠흑처럼 어두컴컴한 게 마치 우리의 미래 같았다. 감독하는 선생님들은 가끔 교실로 들어와 기특한 녀석들, 어쩌고 혼잣말을 하거나 때로는 자신이 어렸을 때 얼

마나 가난했는지 일장 연설을 늘어놓으며 공부 분위기를 망치곤
했다.

어떻게 살아야 하는지 가르쳐 주는 어른들은 많았으나 그 어른
들이 사는 모습을 보면 딱히 신뢰가 가지 않았고, 텔레비전 같은
데서 역경을 딛고 성공한 사람들이 말하는 인생은 내 삶과는 거
리가 멀어 나를 더욱 초라하게 만들었다.

불쑥불쑥 무기력함이 고개를 들었다. 문득문득 쓸쓸해졌고, 자
주 강아지 눈이 떠올랐다. 나는 교회에 갈 때마다 모아 둔 용돈
을 헌금 바구니에 넣으며 부모님이 빨리 가게를 차리게 해 달라
고 기도했지만, 주님은 쉽게 청을 들어주지 않았다. 왠지 주님과
거래를 해야 할 것 같아서 강아지 눈과 사귀지 않겠다는 약속도
하고, 나에게 주신 세 개의 친구 십자가를 달게 지겠다는 약속도
했다. 어쩌면 부모님이 교회에 나가지 않기 때문에 주님이 청을
들어주지 않는지도 몰랐다.

때로는 안방에서 싸우는 소리가 들리기도 했고 때로는 숨넘어
갈 듯한 웃음소리가 들릴 때도 있었지만, 찻집이건 술집이건 뭐
든 의논하는 소리를 들은 일은 없었다. 어느 날인가는 부엌 겸 거
실에서 부모님이 무슨 카바레 같은 데서 출 것 같은 춤을 추고 있
었는데 술을 마신 것 같았다. 나는 조용히 가방을 가지고 집을 빠
져나왔다. 그러고는 어디로 갈지 모르는 사람처럼, 가야 할 곳이
없는 사람처럼 거리를 쏘다녔다.

예배를 마치고 나오는 길이었다. 나는 비비 크림도 바르지 않고 선크림만 대충 바른 상태였다. 강아지 눈 때문에 더 이상 괴로워하기 싫었다. 잔뜩 꾸미고 나왔다가 그 애가 없어서 실망하기보다 거지같이 하고 나와 안 보길 잘했다고 생각하는 편이 더 나았다.

강아지 눈은 언젠가 올라앉아 있던 담벼락에 기대서 있었다. 나는 강아지 눈을 더 잘 보려고 눈을 크게 떴다. 눈이 마주쳤다. 가슴이 뛰기 시작했다. 나는 강아지 눈이 먼저 말을 건네기를 바랐다. 그런데 강아지 눈은 왠지 화가 난 것 같은 얼굴이었다. 내가 먼저 아는 척을 할까? 그런 고민을 하고 있는데 강아지 눈의 시선이 내게서 멀어졌다. 강아지 눈이 바라보는 그곳을 나도 보았다. 어느 날인가 보았던 귀엽고 발랄한 여자애가 사람들 틈에 있었다.

"안!"

그렇게 부른 건 이번에는 강아지 눈이었다. 나는 얼른 고개를 돌렸다. 순간 눈물이 뚝, 떨어졌다. 당황해서 걸음을 빨리했다. 이렇게까지 좋아했던가? 그런 줄은 몰랐다. 강아지 눈이 고백하지 않았어도 좋아했을까? 그것도 모르겠다. 강아지 눈이 먼저 고백해서 좋아하게 된 것도 진짜 좋아하는 게 맞는 건가? 진짜 좋아하는 거라면 상대방이 아무리 싫어해도 좋아해야 하는 거 아닌가? 지금은 강아지 눈은 나를 싫어하고 나는 강아지 눈을 좋아하는 것 같은데, 그러면 처음에는 아니었다가 이제야 비로소 강아지 눈을 진짜로 좋아하고 있는 걸까? 고개를 가로저었다.

　나는 아는 게 하나도 없었다. 모든 게 처음이었으니까. 내가 가장 알 수 없는 건 바로 나였다. 그러니 강아지 눈에 대해서도 알 수 있는 게 거의 없었다.

　둘은 서로 사랑하는 사이일까? 그렇지도 몰랐다. 서로를 같은 이름으로 부르는 사이는 연인밖에 없을 테니까.

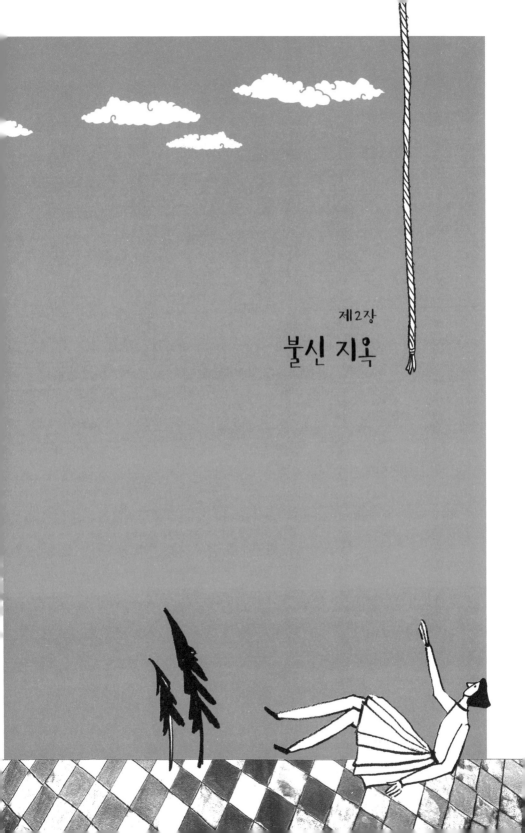

제2장

불신 지옥

길 잃은 어린 양

시험을 앞두고 교회에 갔다. 뭉텅뭉텅 잘려 나간 시간을 주님이 보충해 주시기를 바라는 마음이었다.

> 구하라, 그리하면 너희에게 주실 것이요,
> 찾으라, 그리하면 찾아낼 것이요,
> 문을 두드리라,
> 그리하면 너희에게 열릴 것이니. (마태 7:7)

없는 시간을 쪼개 공부하는 것과 기도하는 것 중 기도를 선택한 것이다. 오늘은 특별히 헌금도 다른 날의 두 배를 준비했다. 내가 얼마나 간절히 시험을 잘 보기를 원하는지 주님이 꼭 아셔야 하기 때문이다.

그런데 참다운 교회 대문은 꼭 잠겨 있었다. 오늘은 분명 주일이고 예배 시간도 10분밖에 남지 않았는데 말이다. 하긴 예배가 시작되었다고 대문을 닫는 일은 없다. 지금쯤이면 교회 마당은 사람들로 북적여야 한다. 교회를 찾은 사람들에게 회보를 나눠 주는 한복 입은 아줌마들도 보이지 않았다. 나는 대문 앞으로 다가가 안을 들여다보았다. 양복 입은 아저씨 몇이 바쁜 듯 돌아다니며 청소를 하고 있었다. 자세히 보니 문이며 벽, 나무에 붙은 종이를 떼어 내 쓰레기봉투에 담고 있었다.

어찌 된 일인지 모르는 사람은 나 하나가 아닌 듯했다. 예배를 보러 온 사람들이 하나둘씩 대문에 매달리기 시작했다. 개중에는 영문을 아는 사람도 있는 듯하여,

"정말 뻔뻔스러운 인간이야."

"인간은 속여도 주님은 못 속이지."

"저러고도 어떻게 주님의 종이라고."

"감옥에 처넣어야 해."

그런 무시무시한 소리들을 했다.

사람들이 점점 많이 매달리기 시작해서, 나는 대문에서 떨어졌다. 대문에도 뭔가 붙였던 흔적이 보였다. 남은 글자들만 보아서는 무슨 내용인지 알 수 없었다.

"저기."

나는 겨우 입을 떼어 어떤 아줌마한테 말을 붙였다.

"오늘 예배 못 보는 거예요?"

"예배는 무슨."

아줌마는 코웃음을 쳤다.

"참다운 교회 문 닫았다. 예배 드리고 싶거든 다른 교회 알아 봐."

"왜 문을 닫아요?"

"망할 놈의 세상, 애들이 배울 게 있어야지."

아줌마는 혀를 몇 번 차더니 대문도 발로 몇 번 차고는 자리를 떴다.

무슨 일일까? 무슨 일이 있었을까?

나는 골똘히 생각에 잠겨 누군가 다가오는 것도 알지 못했다.

"안녕하세요?"

먼저 베이지색 티셔츠 자락이 눈에 들어왔다. 티셔츠에는 사람들이 줄을 타고 오르는 모습이 그려져 있었다. 나는 줄을 따라, 서로 다른 표정을 짓고 있는 사람들을 훑어 올라갔다. 줄은 대학생쯤 되어 보이는 사람의 오른쪽 어깨에서 끝이 났다. 왠지 낯익은 그림이었다.

"참다운 교회 신자였어요?"

"네."

어디서 본 그림이더라? 생각해 내려고 애썼다.

"목자가 마귀였어요. 자, 일단 여기를 빠져나가요."

상냥하지만 단호한 말투였다. 교회가 문을 닫았다는 충격에서 벗어나지 못하고 있던 나는 얼떨결에 오빠를 따라갔다. 목사님이 무슨 실수라도 하신 걸까? 틀린 소리는 하나도 안 하신 것 같은데 무슨 잘못을 저지르신 걸까? 그런 생각을 하다가 내 두 다리가 오빠를 쫓아 부지런히 걷고 있는 걸 깨달았다. 그냥 도망갈까 하다가 예의가 아닌 듯싶어 말했다.

"저기요. 저 집에 가야 하는데요."

오빠는 나를 돌아보며 상냥하게 말했다.

"알아요? 본인이 얼마나 특별한 사람인지?"

나는 못생긴 오빠의 얼굴을 올려다보았다. 무슨 광고 문구 같은 소리에 하도 어이가 없어서 입이 저절로 벌어졌다.

마귀가 창궐했도다

"다 왔어요."

오빠가 가리킨 곳을 보니 카페 다모아였다.

"어?"

하고 놀라는 데 오빠도 놀란 듯 물었다.

"혹시 여기 알아요?"

"네. 친구들하고 몇 번 왔어요."

"역시."

오빠는 그렇게 말하며 나를 카페 안으로 이끌었다. 다모아에 와 본 것이 왜 역시라는 건지 알 수 없는 채로 이번에도 얼떨결에 자리에 앉았다. 다모아는 오늘도 스파이들로 가득했다. 사람들은 금붕어처럼 입을 벙긋거리고 음악 소리는 나직했다. 그리고 내가 앉은 자리에서 대각선으로 줄을 타고 오르는 사람들의 그림이 보였다. 왠지 낯익은 티셔츠 그림은 다모아 벽에 그려진 것이었다.

나는 의아한 얼굴로 오빠를 돌아보았다. 문득 오빠가 카운터에 있는 직원 언니와 테이블에 앉아 있는 스파이 몇 하고 눈짓을 주고받는 느낌이 들었다. 오빠는 자기 것으로는 커피를, 내 것으로는 캐러멜 마키아토를 사 가지고 왔다. 말도 안 했는데 내가 캐러멜 마키아토를 좋아하는 줄 어떻게 알았을까, 신기해하며 한 모금 마셨다.

"눈에 보이는 것이 전부라고 생각하세요?"

오빠는 뜬금없이 물었다. 미친 건지 아닌지 아직까지는 감이 잡히지 않았다.

"진실은 눈에 보이지 않아요. 눈에 보이는 것에 현혹되어 살아가면 업장이 쌓이는 법입니다."

업장이 무슨 뜻일까? 나는 왜 여기서 낯선 사람이 사 주는 음료수를 마시고 있는 걸까? 느닷없이 오빠가 무서워졌다.

"저 집에 가야 하는데요."

다시 한 번 말했다.

"부모님이 다칩니다."

나는 그 소리에 깜짝 놀랐다.

"마귀가 창궐했어요. 참다운 교회 목사는 곧 감옥에 갈 거예요. 마귀가 목자의 탈을 쓴 거지요. 종말이 다가오고 있습니다. 멀지 않았어요. 제가 아까 말했죠? 본인이 아주 특별한 사람이라고. 세상을 구원할 상입니다.”

오빠의 눈빛이 너무 진지해서 나는 다시 엉덩이를 밀어 넣었다. 뭔가 내가 그동안 들어 보지 못한 생소한 말들을 쏟아 내는데도 이상하게 거부할 수가 없었다.

“자, 그럼 다시.”

오빠는 커피를 한 모금 마시고는 시원하게 들린 들창코가 가려운지 손등으로 코끝을 비비며 말했다.

“보이는 것이 전부라고 생각하세요?”

“아니겠죠.”

“역시.”

오빠는 말했다. 어쩌면 이 오빠한테 ‘역시’라는 말은 무슨 뜻이 있는 게 아니라 그냥 추임새 같은 것일지도 모른다는 생각이 들었다.

“사람들은 보이는 것이 전부라고 생각합니다. 그래서 경쟁을 하는 거예요. 경쟁은 아버지가 원하시는 게 아닙니다. 경쟁이라는 건 존재해서는 안 돼요. 그런데도 세상이 온통 경쟁인 걸 보면 점입가경이 따로 없습니다.”

평소에 미친 사람을 본 적이 없어서, 미친 사람도 어려운 말을 쓸 수 있는지 궁금해졌다. 나는 어떤 광기 같은 것을 찾으려고 오빠의 눈을 열심히 들여다보았다.

"곧 시험 보지요?"

"낼이요."

"시험도 아버지가 원하시는 게 아니에요. 입시 제도는 없어져야 합니다. 대학은 평준화되어야 하고, 입사 시험도 없어져야 해요."

나는 아버지라는 사람이 이 오빠의 아버지는 아닐 것 같다는 생각을 했다.

"진실은 이렇습니다. 우리는 원하는 모든 걸 다 얻을 수 있어요. 아버지처럼 도를 닦으면 원하는 모든 것을 다 얻을 수 있는 거예요. 우리가 힘써야 할 것은, 눈에 보이는 것이 아닙니다. 이해가 되겠어요?"

나는 집에 빨리 가기 위해 고개를 끄덕였다. 캐러멜 마키아토를 마시는 게 아니었다는 생각을 그제야 했다.

"역시."

오빠는 주먹 쥔 손이 쑥 들어갈 것만 같은 커다랗고 두툼한 입을 활짝 벌려 웃으며 말했다.

"우리는 완벽한 삶을 살 수 있습니다. 완벽한 감정을 누릴 수 있습니다."

그 말에 나는 좀 당황했던 것 같다.

"우리 은수님은 지금 갈증을 느끼고 계십니다. 좀 더 높은 차원의 삶을 살고 싶거든요. 좀 더 깊은 차원의 공부를 하고 싶거든요."

나는 은수라는 사람이 아니지만 가만히 있었다.

"공부를 해야 합니다. 우리와 같이 공부를 하면 다른 차원의 사람이 될 수 있어요. 어떤 대학에 가고 싶어요? 갈 수 있습니다. 우리는 그걸 비밀 공부라고 해요. 아버지가 우리한테 축복을 주십니다. 아버지가 우리한테 주문을 가르쳐 주세요. 주문만 외우면 다른 사람이 됩니다. 원하는 그 모든 걸 가질 수 있어요. 이 7층짜리 건물도 아버지 것입니다. 카페는 물론이고요. 일본에도 이런 카페가 있어요. 아버지는 농장도 있고 제주도에 90만 평이나 되는 땅도 있습니다. 아버지는 원했기 때문에 가지셨어요. 우리도 원하면 가질 수 있습니다. 공부를 하면 돼요. 업장을 녹이는 공부지요. 우리 은수님이 지금 이렇게 고생하면서 사는 것도 다 업장 때문이거든요."

내가 어떤 표정을 짓고 있었는지는 모르겠지만, 오빠는 갑자기 자신감에 찬 얼굴로 말했다.

"처음부터 다시 배워야 합니다. 진흙 인간과 하얀 악마, 얼음 인간, 태양 인간부터 시작해야 해요. 공부는 내일부터 시작합시다."

"낼부터 시험인데요."

오빠는 실망스러운 빛을 애써 감추며 말했다.

"뭐, 그럼 다음 주 일요일부터 시작해서 매일 한 시간씩 하기로 해요. 다모아로 나오세요. 3개월 동안은 이 사실을 아무한테도 말하면 안 됩니다. 만약."

오빠는 살벌한 표정으로 말했다.

"한 사람에게라도 말하면 다칩니다."

"누가요?"

나는 좀 무서운 생각이 들어서 물었다.

"은수님이 친하게 지내는 사람부터 다칩니다. 그러니 비밀 공부지요. 아주 특별한 사람한테만 주어지는 특별한 공부입니다. 위험이 따를 수밖에요."

어떻게 그 카페를 나왔는지 어떻게 집으로 돌아왔는지 모르겠다. 집에는 아무도 없었다. 가방을 가지고 도서관에 갔다. 시험 기간이라 대기 번호표를 뽑고 보니 3백 명도 더 넘게 기다려야 했다. 도서관 마당에 있는 의자에 앉아 있는데 차가운 바람이 머리카락을 헝클어뜨리고 지나갔다. 그제야 비로소 정신이 들었다.

카페에서 무슨 일이 있었던 걸까? 내가 들은 이야기는 무엇이었을까? 그 오빠는 어떤 사람일까? 나는 무엇이든 다 이루게 해 준다는 비밀 공부를 하러 가게 될까? 말도 안 되는 소리다. 원하는 대로 살 수 있다면 누가 가난하게 살 것인가? 일요일인데도 도서관은 사람들로 북적인다. 아는 얼굴이 지나간다 싶어 자세히 보았더니 화장실 청소하는 아줌마였다. 아줌마는 오늘도 피곤에 절은 얼굴로 목장갑을 끼고 있다. 아줌마는 한여름에도 목

장갑을 끼고 다닌다. 위생상의 문제일까, 아니면 손에 화상이라
도 입은 걸까? 누가 화장실 청소를 하면서 살고 싶을까, 도서관
관장을 하고 싶을 테지.

　도서관 건물을 올려다보았다. 빨리 자리를 잡고 공부해야 하는
데 걱정이다. 시계를 한 번 보고 참고서를 펼쳤다. 한쪽에서는
아저씨들이 피워 대는 담배 연기가 넘어오고, 다른 한쪽에서는
자리가 없어서 즐거운 학생들이 쉴 새 없이 떠들고 있었다.

어린 양에겐 목자가 필요해!

참다운 교회 목사님의 죄목은 도박이었다. 나는 목사님이 즐겨 한 도박이 바카라였으며, 지난 월요일에 강남의 한 오피스텔에서 불법 도박을 하다가 현장에서 검거되었다는 사실을 인터넷 검색으로 알게 되었다. 목사님이 그동안 신도들이 낸 기부금 및 십일조 등을 도박으로 다 탕진하였을 뿐만 아니라, 수십억의 도박 빚도 지고 있다는 사실은 정말 경악스러웠다. 기사에 대한 댓글이 수천 건 넘게 달리고 있었다. 나도 참다운 교회에 헌금을 낸 신도로서 바른 말을 하는 댓글에 좋아요, 를 누르고 목사님이 평소에 즐겨 하시던 말로 욕을 달아 주었다. 지옥 불에 떨어질지어다!

목사님은 정말 사람의 탈을 쓴 마귀였을까? 만약 마귀가 목사님의 탈을 쓰고 신도들의 돈을 도박에 쓴 거라면, 왜 하필 참다운 교회를 공격한 걸까? 주님을 믿는 곳이 공격의 대상이 된 이유는 무엇일까? 나는 교회에 나갈 맛이 뚝 떨어졌다. 공부를 하다가도 자꾸만 목사님이 떠올랐다. 자꾸만 다모아 카페에서 만난 오빠가 떠올랐다. 그러다가 문득 강아지 눈이랑 그 애의 '안'도 떠올랐다.

집으로 돌아와서도 쉽게 잠들지 못했다. 나는 부모님한테 참다운 교회 목사님 이야기를 꺼냈다.

"도박 중독은 고치기 힘들다던데."

"신도들이 충격이 크겠다."

"목사가 하도 많으니까 별사람 다 있어."

두 분은 그렇게 중얼중얼 이야기하고는 먼저 자야겠다며 방으로 들어가셨다. 어쩌면 저렇게 미지근한 반응을 보일 수가 있는 거지? 주님의 종인 목사님이 불법 도박으로 신도들의 헌금을 다 탕진했다는 이 어마어마하게 충격적인 사실 앞에서 어떻게 화도 안 낼 수가 있는 거지? 공부에 집중할 수가 없었다. 이야기할 사람이 필요했다. 함께 대화를 나눌 사람이 없으니, 인터넷에 접속해 실시간 트위터를 확인하고 늘어난 댓글을 검색하면서 마음을 추스를 수밖에 없었다.

나한테 어마어마하게 충격적인 사건이 일어났다고 하더라도 시간은 흐른다. 시간은 내가 감정을 수습하고 다시 일상으로 돌아올 준비가 될 때까지 기다려 주지 않는다. 아이들은 목사님, 그러니까 성경 선생님이 도박으로 감옥에 간 것보다 1교시에 있을 국어 시험이 더 중요한 사건이어서 모두들 좀비처럼 참고서에 얼굴을 파묻고 있었다.

시험을 하나하나 망쳐 가기 시작했다. 첫날 시험을 망치고 나니 둘째 날 시험을 잘 봐야겠다는 의욕이 사라졌다. 내가 얼마만큼 시험을 망칠 수 있는지 한번 시험해 보고 싶다는 생각까지 들었다. 그러다가 한 과목이라도 백 점을 맞는다면 다시 열심히 공부를 하겠다며, 마귀를 종으로 부리는 주님과 협상을 하기도 했다. 이상하게 또 시간들이 쑹덩쑹덩 잘려 나갔다. 정신을 차리고 보면 시험을 보고 있었고, 또 정신을 차리고 보면 시험지를 내고 있었다. 그리고 정말 정신을 차려야지, 생각했을 때는 4일에 걸친 시험 기간이 모두 끝나 있었다.

아라는 그사이 새롭게 발견한 곳이라며 우리를 분식점에 데려 갔다. 공부를 했건 안 했건 우리는 정말 초췌해 보였다. 예은이는 시험 기간 내내 머리를 감지 않는 이상한 습관 때문에 얼굴에 여드름이 더 심하게 올라와 있었다. 설희는 시험 기간 내내 얌전히 놓아두었던 앞머리를 다시 분수처럼 졸라맸고, 아라는 교복 안에 입는 블라우스를 빨강색 티셔츠로 갈아입었다. 나는 시험을 보기 전이나 후나 똑같이 찌질했다.

"1등은 누가 할까?"

민예은이 물었다.

"혹시 정미소?"

나를 돌아본다.

"시험 못 봤어."

가뜩이나 서러워서 간신히 대답했다.

"못 봤다고 해 놓고 한 개 틀린 거 아니야?"

민예은은 왜 이런 소리를 할까?

"정말 못 봤어."

그때 설희가 이마를 탁 때렸다.

"그래 놓고 잘 봤으면 너 죽는다."

"죽고 싶어."

그건 내 입에서 나온 소리였다. 눈물까지 뚝 떨어졌다.

"야, 시험 못 봤다고 죽냐?"

김설희가 민망하게 큰 소리로 말해서 다른 손님들이 우리를 돌아보았다.

"그럼 나는 맨날 죽어야 한다."

설희는 문득 배시시 웃으면서 말했다.

"꼭 공부만 잘해야 되냐? 연예인도 돈 잘 벌잖아. 인기가 많으니까 더 좋지."

"미소가 연예인 되기는 좀 그렇잖아."

예은이가 얄밉게 말했다.

"정미소처럼 생긴 애들은 다 공부 잘하던데."

설희는 느닷없이 어떤 진실을 발견한 것처럼 화들짝 놀라며 말했다.

우리는 떡볶이, 어묵, 튀김을 배불리 먹고 일어섰다. 아라는 그날처럼 남자 친구한테 걸려 온 전화를 받더니, 같이 만나겠느냐고 물었다. 예은이와 설희는 두 손을 마구 흔들어 대며 절대 안 된다고 했다. 하긴 몰골이 가관이었다.

"그럼 먼저 간다."

아라는 좋아라, 하면서 갔다.

"쟤는 남자 친구 만나는 데 저렇게 더럽게 하고 가는 거야?"

설희가 묶은 앞머리를 연신 쓰다듬으며 물었다.

"설마 그러겠냐?"

예은이는 부러움과 짜증스러움이 섞인 묘한 표정으로 말했다.

"거시기는 잘 있을까?"

설희가 말했다. 나도 어쩔 수 없이 강아지 눈이 생각났다. 보고 싶으면 먼저 연락을 하던가, 그러지도 못하면서 가슴을 끓이는 자신이 정말 한심했다.

"갈 데가 없다. 다모아 갈까?"

예은이가 물었다.

지난 주일에 보았던 오빠가 생각났다. 카페에서 우연히 보게 될까 봐 나도 집에 간다고 했다.

"죽으러 가지는 말고."

설희가 내가 한 말을 상기시켜 주었다.

왜 그런 말을 했을까? 말을 해 놓고 나도 놀랐다.

사는 게 정말 시시했다. 나 자신이 너무 시시했다.

나도 모르게 참다운 교회로 가고 있었다. 목사님이 하시는 말씀은 다 옳은 줄 알았다. 지키라는 것은 지키려고 노력했고, 하지 말라는 것은 하지 않으려고 노력했다.

나는 열심히 살고 싶었다. 어쩌면 부모님이 나를 강하게 키워 주기를 바랐던 것 같다. 부모님은 먹고사느라 늘 바빴고, 바쁜 걸 미안해하며 나한테 특별히 많은 걸 요구하지 않았다. 하지만 나는 나를 이해하려고 드는 부모님이 답답했는지도 모른다. 성공한 스포츠 선수들의 부모들이 그랬듯이 가혹해도 좋으니까 내가 최대한 능력을 발휘하도록 이끌어 주기를 바랐다. 내 의지가 어디까지인지, 내가 얼마만큼 공부를 잘할 수 있는지 시험해 보고 싶었다. 어떻게 하면 점수를 더 올릴 수 있는지 다양한 방법을 경험해 보았으면 했다.

혼자서는 할 수 없었다. 나는 번번이, 아주 쉽게 유혹에 굴복했다. 알고 있다. 내 머리가 그렇게 좋지 않다는 걸. 아주 열심히 공부해야 한다는 걸. 그래서 주님에 의탁했다. 주님께 기도하면 의지가 더 많이 생기는 것 같았다. 뭔가 믿고 의지할 것이 있다는 게 좋았다.

교회는 아무 일도 없었던 듯 멀쩡해 보였다. 주님의 집이었는데 마귀의 집이 되었다.

시시하고 시시하고 시시하도다

시험의 충격에서 조금씩 벗어날 무렵, 시험 결과가 발표되었다. 나는 특별히 잘하는 게 없다. 아주 돌대가리는 아니면서 딱히 시간을 쏟을 만한 다른 일이 없어서 공부를 했다. 사회에 나가면 또 모르겠지만, 학교에 다닐 때만큼은 공부를 잘하는 아이들이 유리한 고지를 차지하기 때문이다. 나는 중학교 때까지 한 번도 5등 밖으로 밀려나 본 일이 없었다. 15등이라는 숫자는 나를 경악하게 만들었다.

"아무리 잘 봐줘도 10등이야. 10등 밖인 사람들은 서울에 있는 대학 갈 생각은 꿈속에서나 하세요."

담임이 즐거운 것도 같고 비웃는 것도 같은 얼굴로 말했다.

나는 조개처럼 입을 꽉 다물고 있었다. 그런데도 아이들은, 특히 예은이는 어떻게 알았는지 서른 명 반 아이들의 등수를 줄줄이 꿰고 있었다.

"난 미소가 정말 공부 잘하는 줄 알았는데."

예은이는 잔뜩 실망한 얼굴로 말했다. 내가 공부를 못하는 게 속상하다는 것인지 공부 못하는 친구를 둔 게 속상하다는 것인지 헷갈렸다. 정말 놀라운 건 예은이가 5등을 했다는 사실이었다.

"3등 안에는 들 줄 알았는데."

예은이는 실은 좋아 죽는 얼굴로 말했다.

"너 누구 염장 지르냐?"

설희가 소리쳤다.

"난 이제 아빠한테 죽었다."

설희는 아빠가 의사이고 엄마는 모델 출신이다. 유전의 법칙에는 다양한 변수가 존재하는 게 분명했다.

"난 성적이 너무 좋아."

아라는 불만이 가득한 얼굴로 말했다. '새엄마한테 반항하기 시즌 2'가 바로 성적이었던 것이다.

"한 번호로 찍으면 담임이 뭐라고 할까 봐 지그재그로 찍었는데 너무 많이 맞았어."

실제로 아라는 수학 문제를 하나도 풀지 않았는데 무려 70점이나 맞았다. 심지어 답이 0이었던 주관식 5점짜리 문제까지 맞혔던 것이다.

기분이 엉망이었다.

나는 평소에는 있어도 그만 없어도 그만인 존재이다. 유일하게 내 존재감이 드러나는 때가 성적을 발표하는 날이었다. 아이들은 '아, 저런 애가 우리 반에 있었지.' 그런 눈으로 나를 돌아보고, 이전보다 조금은 더 친절하게 굴었다.

성적이 발표되고 나는 전보다 더 투명해져서 발이 땅에 닿는 감각도 없이 집으로 향했다. 김설희가 이마를 때리며 정신 차리라는 둥 무식한 소리를 해 대도 전처럼 기분이 나쁘지 않았다. 민예은이 '공부도 못하는구나.' 하는 눈빛을 보내도 얄밉지 않았다. 전철 화장실에서 아라가 사복으로 갈아입을 동안 똥 냄새를 맡으며 책가방과 쇼핑백을 들고 서 있어도 아무렇지도 않았다.

부모님은 가게 차리는 걸 포기했다. 장사를 잘할 수 있을지 자신이 없다는 게 그 이유였다. 일자리는 또 별로 없어 때로는 다투기도 하고 때로는 술을 먹고 노래를 부르기도 하면서 시간을 흘려보냈다. 그걸 보면 나도 열심히 살 필요가 있을까, 저런 부모한테 어울리는 자식으로 사는 게 더 낫지 않을까, 15등 정도면 양호한 것 아닐까, 그런 생각마저 들었다. 인생을 더 망치고 싶다는 생각이 하루에 열두 번도 더 들었으며, 그런 자신이 두려워지기도 했다.

그래도 나를 따라다니는 시선은 여전했다. 주님은 나를 보고 있었다. 내가 무슨 생각을 하는지 알고 있었다. 나는 다시 주님을 갈망하는 마음이 되었으나 다른 교회를 알아볼 엄두는 내지 못했다.

공부가 시들해져서 자율 학습은 신청하지 않았다. 15등 주제에 자율 학습을 신청하는 건 좀 우스운 일이었다. 시간이 너무 많았다. 아라는 놀러 다니느라 바빴고, 예은이는 대부분의 시간을 학원에서 보냈다. 설희는 학원에서 놀거나 아라를 쫓아다니며 노는 것 같았다. 아이들하고 다모아나 분식점에서 놀던 때가 그리울 지경이었다. 용돈은 늘 부족했기 때문에 내 쪽에서 먼저 가자고 하기도 어려웠다. 내 인생은 나라는 존재만큼이나 시시하고 재미없었다.

우연히 강아지 눈을 두 번 보았다. 한 번은 놀이터 앞이었고, 한 번은 우리 집 근처였다. 한 번은 재빨리 걸어서, 두 번째는 뛰어서 도망갔다. 한심한 내 인생에 강아지 눈을 끌어들이기 싫었다. 강아지 눈이 나에게 실망하게 될까 봐 두려웠다.

어느 날인가는 엄마가 학원에 가겠느냐고 물었다. 나는 다 필요 없다고 소리쳤다. 더 이상 노력 같은 거 하고 싶지 않았다. 주님께 기도하는 일도 힘에 부쳤다, 재미가 없었다. 세상이 나를 완전히 배신하기 전에 내가 먼저 세상을 비웃어 주고 싶었다. 어쩌면 그 모든 게 다 객기일 수도 있다. 나는 여전히 나 자신을 너무나 사랑했다. 아주 잘 지내고 싶었고 공부도 다시 잘하고 싶었다. 인생을 망치고 싶다는 것도 다 거짓말이다. 그건 인생이 내 마음대로 되지 않아서 하는 소리였다. 나는 중학교 때의 나보다 아니, 내가 가장 잘나갔을 때의 나보다 훨씬 더 괜찮은 사람이 되고 싶었다.

어느 일요일 오후, 유난히 태양이 뜨겁게 내리쬐던 날이었다. 나는 어린 시절 그랬던 것처럼 오랫동안 태양을 올려다보았고 두 눈은 쉽게 멀어 버렸다. 태양에 타 버린 두 눈은 나를 카페 다모아로 인도했다. 그곳에는 나를 특별하다고 말해 주는 사람이 있었고, 눈에 보이지 않는 것이 더 중요하다는 것을 아는 사람들이 존재했다. 살아 있음이 견디기 힘들었고 살아 있음을 너무나 느끼고 싶었던 그 날, 나는 일부러 태양에 눈을 멀게 했다.

제3장

진흙 인간의 꿈

아버지의 품에서

"은수님, 들어갑니다."

나는 배운 대로 왼쪽 발부터 내밀어 문지방을 넘어섰다. 향냄새가 가득해서 순간 머리가 어찔했다. 현수 두 명이 이끄는 대로 제사상에 음식을 올리고 두 번 반 절을 한 뒤 물러나 앉았다. 절대 고개를 들면 안 된다, 어느 누구와도 눈을 마주치면 안 된다고 했다. 나는 발끝에만 시선을 주었다.

누군가 찬송가를 부르기 시작했다. 교회에서 부르던 찬송가와는 느낌이 달랐다. 나중에 물어보니, 리듬을 더 쪼개어 부르기 때문이라고 했다. 리듬을 쪼갠다는 게 무슨 뜻인지 알 수 없었으나, 노래에서조차 본질에 더 가까이 가려는 시도라고 생각했다.

나처럼 갓 입문한 사람들은 은수라고 불린다. 은수 위가 현수이다. 우리는 깨어 있음의 정도에 따라 서로 다르게 불린다. 가장 깨어 있는 사람은 아버지이며, 아버지는 그냥 아버지이다.

처음으로 드리는 제사는 매우 중요하다. 나는 현수가 건네준 주황색 한복을 입었다. 첫 번째 제사를 통해 은수는 계속 은수로 불리기도 하고, 현수로 불리기도 하고, 진수나 혹은 그 위의 정수로 불리기도 한다. 그것을 정하는 사람은 아버지이다. 제사가 진행되면 공간이 확장된다. 조상님들이 제사상을 받으러 오시기 때문이다. 영혼이 맑은 사람이 제사를 드릴 경우, 조상님들도 많이 오시기 때문에 공간이 그만큼 더 확장된다고 했다. 조상님을 볼 수 있는 건 오로지 아버지뿐이다.

들릴 듯 말 듯한 중얼거림, 아버지가 주문을 외우기 시작한 모양이었다.

"이제 공간이 확장되기 시작할 겁니다."

옆에 있던 현수가 속삭였다. 향로에 향을 더 넣은 듯 냄새가 더 독해졌다.

"느껴지십니까?"

나는 실수로라도 고개를 들까 봐 두려워하면서 제사에 집중하려고 애를 썼다.

"느껴지십니까?"

그때였다. 갑자기 방이 뒤로 쑥 물러났다. 벽이 저만치 멀어졌다. 가만히 고개를 끄덕였다. 제사를 지내는 동안 은수는 말을 하면 안 된다.

주문을 외우는 소리가 멈추었다.

"현수는 그만 나가 보거라."

멀리서 모습은 보았지만 아버지의 음성을 들은 건 처음이었다. 깨달은 자, 모든 걸 다 얻은 자, 자기 이익을 초월한 자, 삶의 욕망에서 벗어난 자, 주님이 사랑하는 아들. 사람들은 그분을 그저 아버지라고 부른다. 할머니, 할아버지가 그분을 아버지라고 부르며 무릎 아래 꿇어앉아 눈물 흘리는 모습을 본 일도 있다.

"제사는 끝났다. 고개를 들어라."

나는 얼굴을 들었다. 차마 아버지를 똑바로 보지는 못했다.

"방이 확장되는 걸 느꼈느냐?"

고개를 끄덕였다.

"이제 말을 해도 된다."

"네."

"그래, 착하구나. 축복을 주겠다. 가까이 오너라."

나는 일어서서 제사상을 왼쪽으로 돌아 아버지 앞에 무릎을 꿇고 앉았다.

"착하구나."

아버지의 음성은 이제 바로 머리 위에서 울렸다. 아버지의 두 팔이 들리나 싶더니 내 어깨에 손이 올라왔다.

"너는 이제 금욕하며 지낼 것이다."

"네."

"너는 업장을 녹이는 데 전념할 것이다."

"네."

"아버지에 대한 반항은 다음 생에까지 업장으로 이어질 테니 늘 순종하거라."

"네."

아버지는 오른손을 내 머리에 얹고 주문을 외우기 시작했다. 주님이 가르쳐 준 주문이라고 했다. 아버지는 꿈속에서도 주문을 받지만 산책을 하거나 사람들과 대화를 나눌 때도 그런 체험을 하기 때문에, 문득문득 아버지가 꿈길을 걷는 것처럼 몽롱한 얼굴이 되어 이성의 언어를 쓰지 못하면 가만히 기다려야 한다고 했다.

"나를 보거라."

나는 조심스럽게 아버지 얼굴을 보았다. 아버지는 얼굴을 잘 드러내지 않는다. 아버지 얼굴에는 치유 능력이 있어서 그 얼굴을 보기만 해도 오랫동안 앓던 병이 낫기도 하는데, 그만큼 아버지의 기가 훼손되기 때문이다. 입문 제사에서 아버지를 가까이 보는 것은 특별한 축복이었다.

"세상을 구원할 상이로다."

나는 놀라서 눈을 내리깔았다. 아버지는 두 손으로 내 볼을 감싸 안아 얼굴을 들어 올렸다.

"아주 특별한 아이로구나."

아버지가 느닷없이 내 이마에 뽀뽀를 했다. 현수가 그렇게 주의를 주었는데도 당황하여 몸을 뒤로 젖히고 말았다. 하지만 아버지 손이 내 볼을 감싸고 있어서 엉덩이만 뒤로 쑥 뺀 꼴이 되었다.

"놀랐느냐?"

나는 대답도 못 하고 가만히 있었다.

"이 정도로 놀라느냐?"

아버지는 화를 벌컥 냈다.

"아직 어린 게냐. 영혼은 맑은 데 아쉽구나, 아쉬워."

잠시 침묵이 흘렀다.

"그것도 네 업장이구나."

아버지는 길게 한숨을 내쉬었다. 내 뺨을 꼭 쥐고 있던 손은 다시 어깨로 내려왔다. 아버지는 불경 〈수타니파타〉의 한 구절을 조용히 읊었다.

소리에 놀라지 않는 사자처럼
그물에 걸리지 않는 바람처럼
진흙에 물들지 않는 연꽃처럼
무소의 뿔처럼 혼자서 가라.
은수야, 이제 너는 진흙 인간에서 벗어났도다.

아버지의 손이 느닷없이 내려와 가슴을 훑고 지나갔다. 나는 또 흠칫 놀라고 말았다. 아버지는 이번에는 껄껄 웃으며 나가 보라고 했다.

업장 소멸의 길로

"이름은 뭐로 받았습니까?"

처음 나를 '다모아'로 이끌었던 민호 현수가 물었다. 아버지는 우리를 그냥 은수, 현수로 부르지만 우리끼리는 이름을 앞에 붙여 네 글자로 부르고 있다.

"은수요."

나는 고개를 푹 수그리며 대답했다.

"기운 내세요. 저도 은수로 오랫동안 지냈어요. 아버지는 다 아세요. 전부 다 보고 계세요. 그러니 은수님은 좀 더 금욕하는 생활을 하시고 완전히 이타적인 사람이 되기 위해 노력하면 됩니다. 주문은 잘 외우고 있지요?"

"네."

대답을 하고는 옷을 갈아입고 집으로 가려고 밖으로 나왔다. 어지러운 느낌이 있어서 두 눈을 꼭 감았다. 제사의 여운이 남은 것일까, 눈을 감으니 아버지의 형상이 어른거린다.

아버지에 대해서 판단하는 것이 가장 큰 업장을 쌓는 일이다. 업장이란 전생에서 지은 죄 때문에 이번 생에 겪는 괴로움을 말하는데, 다모아교의 핵심 이론 중 하나이다. 업장 이론을 공부하고 나니 속이 다 후련했다. 그간의 내 궁금증들, 나는 왜 이렇게 태어났으며 주님은 내 인생을 왜 이렇게 세팅했을까, 우리 부모님은 왜 우리 부모님이며 우리 집은 왜 가난한가, 나는 왜 이렇게 생겼으며 성격은 또 왜 이 모양인가, 이 모든 것들이 다 설명되었다. 모든 게 전생에 내가 지은 죄 때문이었다. 이생에는 그 업장을 다 소멸해야 한다.

나는 이제 부모님을 원망하지 않는다. 부모님을 원망하는 것은 업장을 더 키우는 일이다. 나는 업장을 녹이기 위해 부모님한테 예의 바르게 군다. 반말도 하지 않는다. 다모아교에서는 서로 존대를 해야 한다. 나이가 어려도 나이가 많아도 존댓말을 쓴다.

물론 아버지는 예외이다. 아버지는 깨달은 자여서 어떠한 행동을 해도, 그 옳고 그름을 판단해서는 안 된다. 아까 제사에서 있었던 이상한 행동들에 대해 불쾌한 감정을 가져서도 안 된다. 아버지 입에서 나던 코릿코릿한 냄새를 떠올려서도 안 된다. 어쩌면 아버지는 내 믿음을 시험해 보기 위해 그러한 행동을 했는지도 모른다. 아버지에 대한 완전한 순종이 업장을 녹이는 가장 빠른 길이라는 것을 잊어서는 안 된다.

집으로 들어가자 부모님은 두 분 다 식탁에 앉아 있었다.

"아직 안 주무셨어요?"

두 분은 내 이야기를 하고 있었던 듯 이야기를 멈추었다. 얼굴에 망설이는 빛과 걱정하는 빛이 떠올라 있다.

"도서관에서 오는 길이니?"

나는 고개만 끄덕했다. 다모아교의 이론은 양으로도 너무 많고 또 깊어서 아무리 공부해도 끝이 없는데, 나는 겨우 하루에 한 시간 공부하고 있기 때문에 아주 조금밖에 모른다. 하지만 그 정도로도 학교 공부와는 비교도 할 수 없을 정도로 많은 도움이 되고 있다.

"정말이니?"

나는 하얀 악마 이론을 꺼내어 썼다. 나한테 공부를 가르쳐 주는 혜미 진수는 신념을 지키기 위한 거짓말을 했을 때 양심의 가책을 받는 것이야말로 악마의 유혹이라고 했다. 완전히 믿는 사람은 죄의식도 느끼지 않는다는 것이다.

"미소야."

엄마가 너무 다정하게 불러서 아직 믿음이 부족한 나는 마음이 불편했다.

"요즘 자주 늦는 거 알지? 아빠랑 도서관에 한번 가 볼까, 하는 생각을 했어."

가슴이 덜컥 내려앉았다.

"옳은 일을 할 때 방해꾼은 늘 나타납니다."

혜미 진수는 말했다. 그 방해꾼은 주로 부모님이 될 거라는 말도 덧붙였다.

"도서관에 갔는데 네가 공부하고 있는 걸 보면 마음이 아플 것 같았어. 널 의심한 거잖니. 도서관에 갔는데 네가 없어, 그래도 마음이 아플 것 같았어. 네가 우릴 속인 거니까. 그래서 엄마랑 아빠는 그냥 널 믿기로 했다. 그래도 되지?"

"그럼요. 제가 알아서 잘할게요. 걱정하지 마세요."

또랑또랑한 목소리로 대답했다.

"그 존댓말 좀 안 쓰면 안 되니?"

"왜요? 이제는 저도 어린애가 아닌데요."

"요즘 들어 부쩍 우리 딸이랑 사이가 멀어진 것 같구나."

아빠가 섭섭하다는 듯이 말했다.

"두 분 모두 안녕히 주무세요."

나는 깍듯하게 인사를 하고 방으로 들어왔다.

전생의 업으로 이생에 이어진 인연이다. 두 분에게 속상할 것도 억울할 것도 없다. 무엇인가를 바라서도 안 된다. 함께 지내는 동안 서로 피해 주지 않으면서 예의를 갖추면서 그렇게 지내

면 되는 것이다, 혜미 진수한테 그렇게 배웠다. 부모님의 서운한
빛에 가슴이 뻐근했다. 이것도 다 믿음이 부족한 탓인 것 같다.

또 한 마리 어린 양이

수업이 끝나자마자 서둘러 가방을 쌌다.

"같이 가."

라는 같이 가자는 게 아니다. 저를 따라오라는 뜻이다.

"오늘은 안 돼."

나는 분명하게 말했다.

"정미소, 요즘 이상해."

설희가 팔짱을 끼고 나를 노려보았다.

"너, 어디 아르바이트라도 하러 다니냐?"

그러더니 뭔가 알았다는 눈빛이다.

"네가 요즘 돈이 생겨서 티꺼워졌구나, 얼마 받는 거야?"

"그런 거 아니야. 먼저 갈게."

나는 흘러내려 온 머리카락을 귓등으로 넘기고는 가방을 멨다. 교실을 벗어날 때까지 등이 꽤 따가웠다. 이제 나는 친구에 연연하지 않는다. 혜미 진수는 완전히 버려야 얻는다고 했다. 언젠가 나는 친구들을 십자가로 생각하며 힘들어하기도 했고, 그 십자가들이 떠나갈까 봐, 그래서 밥을 혼자 먹을까 봐 걱정했던 때도 있었다. 이제는 혼자 밥 먹는 것 따위 하나도 두렵지 않다. 친구들이 나를 따돌리는 것 따위 중요하지 않다. 그런 것들이야말로 '낮은 수준의 접근'이다.

독일의 철학자 마르틴 부버는 이렇게 말했다.

두 발 뒤로 물러서라. 한 발은 이 삶으로부터, 다른 한 발은 다른 삶으로부터 떼어라. 그러면 그대는 그대 안에 있게 된다.

며칠 전 비밀 공부 시간에 이 말을 가지고 아주 오랫동안 명상을 하고 또 토론을 하였다. 두 눈을 꼭 감고 명상을 하는데 가슴에 은총이 가득 차오르는 것 같더니 푸른 십자가의 형상이 나타났다. 교회에서 목사님의 설교를 들을 때도 그만큼 감정이 북받친 적은 없었다. 나는 꼭 주님과 한 몸으로 같이 있는 느낌을 받았다.

비밀 공부 시간은 참 좋다. 하지만 좋은 것만 할 수는 없다. 참다운 교회 앞에 서 있자니 여러 가지 생각이 떠올랐다. 참다운 교회에는 새로운 목사님이 왔다. 신도들은 대부분 떠났다는 말을 들었다. 강아지 눈이 서 있거나 올라앉아 있던 교회 담벼락에는 목사님을 욕하는 말들이 스프레이 페인트 같은 것으로 잔뜩 쓰여 있었는데, 낙서를 가리려는 것인지 짙은 남색 페인트가 덧발라져 있었다.

주님은 나에게 혜미 진수처럼 교육자의 달란트를 주셨을 수도 있고, 민호 현수처럼 영혼을 직접 구제하러 다니는 포교의 달란트를 주셨을 수도 있다. 어쩌면 기도와 명상을 주재하는 달란트일 수도 있다. 다모아교는 아주 많은 사업들을 벌이고 있어서 나는 나중에 카페를 운영할 수도 있고, 바리스타로 일할 수도 있으며, 농장에서 과일을 가꾸거나 일본으로 포교 활동을 가거나 아프리카에 우물 파기 봉사를 하러 갈 수도 있다. 나한테 맞는 달란트를 찾을 때까지 나는 현수, 진수들의 도움을 받으며 여러 가지 경험을 해야 한다.

오늘은 민호 현수를 따라 포교를 하러 왔다. 참다운 교회 목사님이 경찰서에 잡혀간 후 많은 신도들이 다모아교에 관심을 보이고 있다고 했다. 하긴 나도 그즈음 영혼 구제를 받은 신도이긴 하다.

민호 현수는 익숙한 걸음으로 고등부 방으로 들어갔다. 다모아교에서 주최한 청소년 대상 힐링 자전거 대회에 참여했던 몇 사람들을 만나기 위해서였다. 우리는 아무한테나 다모아교를 믿으라고 들이대지 않는다. 대회에 참여했던 사람들도 종교 단체에서 주최한 대회라고는 생각하지 않았을 것이다.

민호 현수의 뒤를 쫓아 고등부 방으로 들어갔다. 고등부 방에는 여자애 셋이 있었다. 그중 하나가 우리가 들어서자마자 반가운 척을 하며 일어났는데 나는 그만 얼어붙고 말았다. '안'이었다, 강아지 눈의 그 '안' 말이다.

"안녕하세요!"

민호 현수는 늘 그렇듯 지나치게 큰 목소리로 인사를 하고는 허허, 웃었다. 나는 딱히 누구에게랄 것 없이 조용히 눈인사를 하고 자리에 앉았다. 안은 민호 현수와 전에도 만난 적이 있는지 친근하게 이야기를 나누었다. 작년 여름에 있었던 자전거 대회 이야기였다. 올여름에도 꼭 참가하고 싶다, 안이 그런 이야기를 하자 민호 현수는 이번에는 참가만 하지 말고 프로그램 만드는 일에 직접 참여해 달라고 했다.

나는 가끔 눈을 들어 안과 그의 친구들을 돌아보았다. 그러다가 안하고 눈이 마주쳤다. 얼굴이 하얗고, 그래서인지 머리카락이 유난히 검은, 머리카락만큼이나 검은 눈동자를 흑진주처럼 반짝반짝 빛내며 안은 눈웃음을 쳤다. 가슴이 설렜다, 나도 모르게 눈을 내리깔았다. 지금까지 이성애자라고 생각하며 살아왔는데 실은 임자를 만나지 못했기 때문일까? 나는 심장 뛰는 소리를 들으며, 안을 보지 않고도 안이 무엇을 하는지 알았다. 안은 어깨까지 내려온 머리카락을 두 손으로 그러모으더니 손목에 걸고 있던 빨간 고무줄로 가볍게 올려 묶었다. 나는 안의 길고 하얀 목덜미를 보고야 말았다. 마음이 어지럽고 불안할 때는 주문을 외우라고 했다. 비밀 공부에서 가르쳐 준 주문은 부버의 말씀처럼 두 발 뒤로 물러서야 할 때, 한 발은 이 삶으로부터 다른 한 발은 다른 삶으로부터 떼어 내야 할 때 도움이 많이 되었다.

"예배는 어이없죠."

안의 친구 1이 말했다.

"지난번에는 목사님이 뭔 기도를 한 줄 알아요?"

"뭔 기도요?"

민호 현수는 말도 듣기 전에 이미 깜짝 놀란 얼굴이었다.

"우리나라에 있는 사찰들이 다 무너지게 해 달라고 기도했다니까요!"

"세상에! 그럴 수가! 말도 안 돼요!"

민호 현수는 기다렸다는 듯 광분했다. 나는 그때 안의, 무슨 생각을 하는지 알 수 없는 약간은 몽롱한 표정을 보았다.

"우리 엄마가 예배 시간에 다른 미용실 문 닫게 해 달라고 기도하는 거랑 똑같지 뭐야."

친구 2가 덧붙였다.

민호 현수는 즐거워하는 표정을 감추지 못하며 이야기를 이어 갔다.

"우리 모임에는 목사님도 나오고 스님도 나와요. 우리는 종교끼리 편 가르고 그러는 거 옳지 않다고 생각하거든요. 우리는 성경 공부도 하고 불경 공부도 해요. 예배도 드리고요. 그렇지요, 은수님?"

민호 현수는 뜬금없이 나를 돌아보며 물었다. 어색한 침묵이 흘렀다. 나는 한참 만에야 입을 열었다.

"네."

뭔가 대단한 말을 기대한 듯 안과 친구 일행은 실망한 표정이 역력했다.

"모임이라면서요? 예배는 왜요?"

친구 1이 물었다.

"우리는 예배도 보고 제사도 지내요."

민호 현수는 커다랗고 두툼한 입술을 활짝 벌리며 행복한 듯 웃었다.

"다모아 카페로 오세요. 우리 모임에서 운영하는 카페예요."

"부자다."

친구 2의 말에 민호 현수는 고개를 크게 끄덕이며 말했다.

"그 카페 건물도 우리 모임 거구요, 일본에도 그런 카페가 있어요. 우리는 농장도 있고 제주도에 땅도 90만 평이나 가지고 있어요. 우리 모임에 나오면 공부도 할 수 있고, 머리가 좋아지는 명상법도 공짜로 가르쳐 줘요. 여름에는 농장 체험도 할 수 있고 여러 가지 봉사 활동도 하기 때문에 학생들이 많이 와요. 여기 우리 모임에 대한 안내문이에요.”

민호 현수는 얇은 책자 몇 권을 놓고 일어섰다. 나는 내내 고개를 숙인 채로 안의 얼굴을 보지 않는 듯 보면서 민호 현수의 뒤를 따라 고등부 방을 나왔다.

“세 명 중에 눈이 크고 새까만 사람 있잖아요.”

민호 현수는 나를 보며 말했다. 안을 말하는 것 같았다.

“중간에 머리카락 묶은 사람이요?”

“네, 그분은 곧 은수님이 될 거예요. 제사가 잡혀 있어요. 친구들이 있어서 아는 체를 못 했어요. 혹시라도 미소 은수님이 실수할까 봐 미리 말하지 못한 거고요.”

가슴이 쿵, 떨어지는 것 같았다.

“이달 말에 있는 은수식에 미소 은수님하고 함께 의식을 치르겠네요. 그분이 은수로 이름 받는다면 말이에요.”

민호 현수는 목소리를 낮게 깔고는 속삭였다.

한꺼번에 많은 생각들이 쏟아져 감당하기 힘들었다. 안이 나처럼 비밀 공부를 하고 주문을 외우고 명상을 하고 기도를 하고 예배를 보고 이름 받는 제사를 지낸다. 아버지는 나한테 그랬던 것처럼 안의 이마에 뽀뽀를 하고…… 나도 모르게 몸이 떨려 왔다. 가슴은 아직도 아버지의 손길을 기억하고 있다. 껄껄 웃던 그 웃음소리를 기억하고 있다.

"아주 특별한 아이로구나."

아버지의 음성이 들리는 것만 같았다. 내가 안을 질투하는 것인지, 걱정하는 것인지 헷갈렸다. 어쩌면 두 마음 다 있는지도 몰랐다.

최악의 방해꾼

내가 지하철 물품 보관함을 이용할 일이 있을 줄은 몰랐다.

오늘은 아프리카 아동을 후원하기 위해 사탕과 초콜릿을 팔아야 한다. 나는 화장실에서 사람들이 줄을 타고 오르는 그림이 그려져 있는 다모아교 공식 티셔츠로 갈아입고 물품 보관함에 교복과 책가방을 던져 넣고 역사 밖으로 나왔다.

민호 현수가 가판대를 세우고 있었다. 나는 바구니에 사탕과 초콜릿을 나누어 담았다. '아프리카 아동 후원을 위한 기금 마련'이라는 글씨를 적은 종이도 가판대에 늘어뜨려 테이프로 붙였다.

"아프리카 아동을 후원하고 있습니다."

"말라리아로 죽어 가는 아프리카 아동을 도와주세요."

"사탕과 초콜릿으로 여러분의 사랑을 보여 주세요."

민호 현수는 열심히 소리치다가 가끔 나를 돌아보며 웃었다. 스물두 살의 민호 현수는 자신에게 다모아교는 기적이라고 했다. 부모님은 초등학교 1학년 때 사고로 돌아가셨고 다행히 외할머니가 거두어 주어 함께 살았는데, 손이 많이 가는 시기에 엄마가 없다 보니 제대로 씻지도 못하고 제대로 입지도 못해 더럽다는 이유로 학교에서 왕따를 당했다고 했다. 자해를 하기도 여러 번이었고 우울증 진단을 받기도 했다. 친구는 한 명도 없었고 평생 일만 하신 할머니는 정신이 오락가락하기 시작했다. 어떻게 살아야 할지, 앞으로 무엇을 해야 할지 암담하기만 했던 그때, 손을 내밀어 준 사람이 바로 혜미 진수라고 했다.

　"처음에는 혜미 진수도 길거리 포교를 했거든요."

　민호 현수는 아련한 듯 이야기했다.

　"내가 특별한 사람이라고 하는 거예요."

　민호 현수도 나한테 특별한 사람이라고 했다.

　"태어나서 그런 소리는 처음 들은 거예요. 더러운 놈, 재수 없는 놈, 꺼져, 이 새끼야, 이런 말만 숱하게 들었지, 특별한 사람이라는 말은 처음 들었어요. 막 울 뻔했지 뭐예요."

　민호 현수에게 그 말을 들었을 때 나는 어떤 기분이었는지 잘 모르겠다.

　"비밀 공부를 하는 것도 진짜 좋았어요. 내가 무슨 특별한 사람이 된 것 같은 기분이었거든요."

민호 현수는 다모아교 사람들하고 함께 지낸다. 우리가 제사를 지내는 그곳에서 말이다. 할머니가 돌아가신 뒤 5천만 원이나 되는 전셋돈을 빼서 다모아교에 모두 헌납했다. 민호 현수는 다모아교에 들어온 뒤 한 번도 죽을 생각을 하지 않았다고 했다. 아니, 다모아교를 위해 활동하다 보면 잠잘 시간이 부족하다고 했다. 그것은 맞는 말이었다. 하루에 네다섯 시간밖에 자지 않는 것 같았으니까.

민호 현수는 시계를 보며 잠시 생각하는 눈치더니 다모아 카페에 다녀오겠다고 했다.

"회의가 있어요. 길지 않을 거예요. 가판대 정리하러 올게요."

활짝 웃고는 씩씩하게 걸어간다. 착한 사람일까? 나는 이내 고개를 저었다. 우리는 좋은 판단이건 나쁜 판단이건 판단을 해서는 안 된다. 판단을 하는 순간 자신의 이익이 고개를 들기 때문이다.

자기 이익을 초월한 자가 궁극적 깨달음을 얻는다.

우리는 순수해져야 한다. 완전한 감정 상태가 되도록 노력해야 한다. 완전하다는 건 완벽하다는 것, 충만하다는 것이며, 그것은 곧 텅 비어 있는 상태를 의미한다. 나는 아직 공부가 부족해서 이 말이 무슨 뜻인지 확실히는 모르지만 어떤 느낌은 있다.

나는 지금 내 이익을 초월한 행동을 하고 있다. 사탕과 초콜릿 판 돈은 모두 아프리카 아동을 위해 쓰일 것이다. 얼마나 고상한 행동인가? 얼마나 수준 높은 접근인가?

그때였다. 눈을 내리깔고 바구니 속에 든 사탕을 만지작거리고 있는데 내 앞으로 얼굴 하나가 쑥 들어왔다.

"헉!"

나는 문자 그대로 헉, 하고 놀랐다.

"오랜만이야."

놀란 눈을 얼른 내리깔았다. 강아지 눈이었다.

"그동안 많은 변화가 있었나 봐."

하지만 다시 고개를 들었다.

"더 심각해진 것 같군."

심장이 요란하게 뛰기 시작했다. 정말 내 마음을 알다가도 모르겠다.

"근데 누가 우리 미소한테 이런 앵벌이를 시키는 거야?"

우리 미소…… 라고 했다. 그런데 앵벌이?

"아프리카 아동을 위해 후원금을 모으는 거야."

나는 또박또박 말해 주었다. 강아지 눈, 난 이런 아이야. 특별한 아이라고. 강아지 눈이 나를 그렇게 생각해 주었으면 했다. 너무나 평범한 어쩌면 평범 이하인 아이지만 이런 특별한 구석이 있다는 걸 알아주었으면 했다.

그런데 갑자기 강아지 눈이 놀라운 말을 했다.

"다모아교."

"어떻게 알았어?"

라고 묻는 순간 '안'이 떠올랐다. 그래, 여자 친구한테 들었겠지. 그런 생각을 하며 긴 한숨을 내쉬었다.

"인터넷에 아무리 검색해도 단 한 줄도 뜨지 않는 다 모은 교, 짬뽕교, 다모아교."

강아지 눈은 왠지 빈정거리는 것 같았다.

"들어간 지 얼마나 됐어?"

"그런 건 말해 줄 수 없어."

다모아교에 관련해 개인 신상이나 신도들의 신상에 대해 묻는 사람은 방해꾼이라는 교육을 받았다. 선택된 사람이 되려면 중심을 잘 잡아야 한다.

강아지 눈은 이미 예상했다는 듯이 팔짱을 끼고 나를 물끄러미 보았다.

"티셔츠 디자인 마음에 안 든다."

괜한 트집을 잡는다.

"초콜릿 안 살 거면 좀 가 줄래?"

나는 마음에도 없는 말을 했다.

"데이트해 주면."

강아지 눈을 본 순간부터 두근거리던 심장이 거의 폭발 직전이 되었다. 문득 아버지의 말씀이 떠올랐다.

"너는 이제 금욕하면서 지낼 것이다."

금욕의 범주가 어디까지인지는 몰라도 지금은 욕망을 자제할 때다.

"데이트 안 해."

강아지 눈은 가판대 위에 엉덩이를 걸치면서 말했다.

"나는 여복이 되게 없는 것 같아."

"여기 앉으면 안 돼."

"내 주위에 있는 여자들은 다 나를 괴롭혀."

"여자 친구가 되게 많나 봐."

그때 강아지 눈의 핸드폰이 울렸다. 강아지 눈은 인상을 잔뜩 쓰며 가만히 듣더니 기어코 소리를 질렀다.

"싫어! 내가 보디가드야 뭐야? 지 인생 지가 알아서 하라고 해! 아, 몰라. 피곤해!"

"화도 잘 내는구나."

속마음을 말해 버렸다.

"내야 할 때는 내지."

강아지 눈은 답답한지 머리카락을 연신 쓸어 올렸다. 그 모습이 정말 멋있다고 생각했다.

"잘난 척은."

그건 내 입이 한 소리였다. 나는 그 소리를 듣고 깜짝 놀랐다.

강아지 눈은 잘난 척하는 게 아니라 잘났다. 강아지 눈이 너무 잘 나서 그동안 도망쳤던 게 아닌가!

"그래서 나 싫어하는 거니?"

가슴에서 산사태가 났다. 뭔가가 와그르르 무너져 내리면서 커다란 구멍이 뚫리는 것 같았다.

"안 싫어해."

나는 조그만 소리로 웅얼거렸다.

"내가 꼭 스토커 같이 굴었지? 불쑥불쑥 나타나서. 그동안 미안했다."

"아니야."

내 목소리는 더 기어들어 갔다. 강아지 눈은 내 말을 들은 것도 같고 듣지 못한 것도 같았다. 이제 더는 나를 보러 오지 않겠다는, 멀리서 보더라도 먼저 피해 주겠다는 그런 말을 할까? 나한테 조금이라도 애정이 남았다면, 그런 애정 따위 싹싹 긁어모아 미련 없이 버리겠다고 할까?

'그러면 어떻게 하지?'

생각이 거기까지 미치자 나도 모르게 헛웃음이 났다. 몸 따로 마음 따로, 생각 따로 말 따로, 따로따로, 정신분열증에 걸릴 것 같다. 강아지 눈은 최대의 방해꾼임이 틀림없다. 실은 고민할 필 요도 없었다. 내가 다모아교 신도인 이상 강아지 눈과 사귈 수는 없다. 목사님은 건전한 만남을 설교하셨다, 다모아교는 남녀가 사귀는 것 자체를 금지한다. 어차피 결혼은 아버지가 정해 주는 짝과 해야 한다. 주님을 대신하는 아버지는 나에게 가장 맞는 짝을 정해 주실 것이다. 때가 되면 말이다.

나는 마음을 추스르고 강아지 눈을 보았다. 그 눈 속에 내가 있다. 이제 강아지 눈 앞에서 기가 죽을 필요도 없고 부끄러워할 필요도 없다. 강아지 눈과 나는 아무런 상관도, 아무런 인연도, 아무런 미래도 없을 테니까 말이다.

"이젠 스토커 말고 남친 하자."

느닷없이 또, 강아지 눈이 윙크를 했다. 나는 뒷걸음질을 쳤다.

희망

담임 선생님은 금방 이를 닦았는지 치약 냄새를 폴폴 풍겼다.

"정미소, 특별히 너만 부른 거 알지?"

말을 해 줘야 알지, 나는 건성으로 고개를 끄덕였다.

"묶어서 상담하면 선생님도 편해. 근데 이건 뭐, 대단하다."

선생님은 성적표를 보면서 특유의 반어법으로 이야기했다.

"어떻게 2등으로 들어온 애가 15등을 할 수가 있니? 무슨 일이라도 있는 거야?"

선생님은 대답을 들으려는 투가 아니어서 가만히 있었다.

"아무리 무슨 일이 있어도 그렇지, 설마 반항하니?"

"……."

"너네 집 부자니? 물려받을 가업이라도 있어? 먹고사는 게 장난인 것 같지?"

"……."

"실업계 애들은 3학년 때부터 취직해서 돈 벌어. 인문계 나오면 취직도 안 되는 거 알지? 실업계 애들한테 치이고 대학교 졸업한 애들한테 치이고 평생 잉여로 살 거야?"

선생님은 기어이 한 마디를 더 보태고서야 나를 보내 주었다.

"정신 차려라!"

교무실을 나왔다.

이제 누가 어떤 말을 해도 나는 기죽지 않는다.

나는 특별한 아이다. 어쩌면 아버지 같은 사람이 되어 세상을 구원할지도 모른다. 교회와 다모아교의 차이는 이것이다. 기독교는 보이지 않는 주님을 믿지만, 다모아교는 주님이 보내 주신 눈에 보이는 아버지를 믿는다. 우리는 주님을 본받고자 노력하며 따르되 주님이 될 수는 없지만, 아버지와 같은 사람이 되기 위해 노력하면 아버지가 될 수 있다. 아버지는 자신이 원하는 모든 것을 가졌기 때문에 부족함이 없고, 모든 욕망에서 자유롭기 때문에 언제나 평화롭다. 아버지 가슴은 사랑으로 충만하고, 눈은 보이는 그대로를 보고, 입으로는 지혜의 말을 한다. 나도 그런 사람이 될 수 있는 것이다.

다모아교는 내 운명을 바꾸었다. 그건 내가 바라던 바였다. 무언가 좋아하는 게 있었다면 또 달랐을지도 모르겠다. 자전거 타는 걸 좋아했다면 몇 시간이고 미친 듯이 탔을지도 모른다. 노래 부르는 걸 좋아했다면 목에서 피가 터져 나올 때까지 불러 댔을지도 모른다. 그림 그리는 걸 좋아했다면 몇백 장이고 그려 댔을 것이다. 추리 소설 같은 걸 좋아했다면 수많은 밤을 새워 읽어 댔을 것이다. 하고 싶은 게 없었다. 생각해 보면 잘하는 것도 없었다.

나는 호기심이 많은 애가 아니다. 오히려 겁이 많고 변화를 싫어하는 쪽일 것이다. 그날, 나는 무작정 집에서 나왔다. 아무도 나를 보고 있지 않은 줄 잘 알지만, 나를 스쳐 지나가는 모든 사람들이 못난이라며 비웃는 것만 같았다. 강아지 눈이 보고 싶었다, 이런 바보 같은 모습을 강아지 눈한테 들킬까 봐 두려웠다.

내가 지켜웠다. 차 한 잔 마실 돈은 있었다. 공부하러 온 것처럼 카페에 앉아 참고서나 들여다보고 돌아올 생각이었다면 거짓말이겠지만, 못생긴 오빠와 마주치지 않았으면 하는 바람이 아주 없었던 것도 아니다.

아직 점심때도 되지 않았는데, 카페 안에는 사람들이 꽤 있었다. 못생긴 오빠는 커다란 입을 벌려 활짝 웃으면서 반갑게 나를 맞아 주었다. 그날부터 하루에 한 시간, 비밀 공부가 시작되었다. 짧은 머리에 키가 크고 좀 마른 듯한 언니가 그 자리에 함께 있었는데 바로 혜미 진수였다. 공부는 여러 명이 할 때도 있고 혜미 진수와 둘이 할 때도 있었다.

눈에 보이지 않는 것을 보기, 다르게 보고 다른 언어로 말하기,

혜미 진수는 그런 것들을 강조했다. '습'을 버려야 한다고 했다. 습관을 습이라고 말하는 것 같았다. 인간이면 누구든 습을 가지고 있는데, 습에도 좋고 나쁨이 있다고 했다. 나쁜 습이 뭉쳐지면 고집이라 다른 사람을 해칠 수 있고 좋은 습을 가지면 원하는 일을 노력 없이 이루게 되니, 습을 바꿀 방법은 공부뿐이라고 했다. 혜미 진수는 뭔가 할 말이 많은 눈으로 나를 바라보며 "영특하니 참 잘 알아듣는다."고 했다. 자신이 나의 습을 고쳐 주는 습 의사가 되겠다며, 테이블 위에 올려놓고 있는 줄도 몰랐던 내 손을 꼭 잡았다.

"다모아교는 기독교와 불교와 동학, 그리고 주님께 불림 받은 모든 깨달은 자들의 좋은 사상을 모두 받아들인 종교예요. 동시에 미욱한 인간이 왜곡시켜 버린 교리를 바로잡기도 합니다. 우리는 이제 지상의 곳간을 채우면 하늘의 곳간이 빈다든가, 부자가 천국에 들어가기는 낙타가 바늘구멍에 들어가기보다 어렵다는 따위의 말로 사람들에게 금욕을 강요하지 않습니다."

처음 들어보는 그 소리에 나는 깜짝 놀랐다.

"우리는 교회처럼 십일조를 요구하지 않습니다. 성경을 보면 주님이 십일조에 대해 이야기한 부분은 단 한 구절도 없어요. 그건 목사들이 지어낸 이야기일 뿐입니다. 왜 지어냈을까요? 그게 바로 목사들의 월급이 되니까요."

어쩐지 머리가 맑아지고 마음이 편안해졌다.

"우리는 다르게 말합니다. 원하는 것이 무엇인가요? 다 가질 수 있습니다. 좋은 집에서 살고 싶은가요? 살 수 있습니다. 좋은 차를 가지고 싶은가요? 좋은 대학에 가고 싶은가요? 좋은 직장을 구하고 싶은가요? 주님은 우리를 사랑하십니다. 주님은 모든 것을 다 들어주십니다. 우리 함께 행복해질 수 있습니다. 깨달은 자가 되어야 합니다. 아버지와 같은 사람이 되어야 합니다. 우리는 될 수 있습니다."

혜미 진수가 잡은 손에 힘을 주었다. 그제야 계속 손을 잡고 있었던 걸 깨달았다. 나는 그만 부끄러워서 손을 뺐다. 혜미 진수는 얇은 입술을 꼭 다물어 더 차가워 보였지만 눈은 웃고 있었다. 내가 감동했다는 사실을 알고 있는 모양이었다.

목사님 설교를 들을 때면 양심에 꺼려지는 게 있었다. 설교 말씀에는 늘 탐욕의 죄에 대한 내용이 빠지지 않았는데, 마음으로만 탐해도 죄라고 했기 때문이다. 혜미 진수는 이렇게 말했다.

"신형 핸드폰이 있는 사람과 없는 사람이 있어요. 어떤 사람이 신형 핸드폰을 가지고 싶을까요?"

"있는 사람은 있으니까……."

내가 거기까지 말했을 때, 혜미 진수는 조용히 고개를 끄덕였다.

"없는 사람이 가지고 싶겠지요. 가진 사람은 가지고 싶지 않습니다. 누가 죄인입니까?"

그동안 목사님한테 속은 기분이 들었다. 나는 죄인이 아니었던 것이다. 원하는 대로 살 수 있다는 것은 가슴 떨리는 말이었다. 다시 구원 받은 느낌이었고, 은총으로 충만해진 기분이 들었다.

비밀 공부는 학교 공부와는 차원이 달랐다. 그동안은 내가 꽤 논리적인 것을 좋아하는 줄 알았다. 연산과 인수분해를 하고 유리수와 무리수를 구하다 보면 뭔가 뿌듯한 성취감이 있었다. 단어와 문법을 외워서 마이클과 재키가 하는 대화를 우리말로 번역하는 것도 재미가 있었다. 하지만 비밀 공부는 온통 암시와 상징으로 가득 차 있었다. 혜미 진수는 우리가 느끼는 그 모든 것이 답이라고 했다. 나는 십자가 성 요한의 말씀을 들으며 어떤 희열을 느꼈다.

모든 것을 음미하는 그곳에 가려면
아무런 즐거움도 찾지 마라.
모든 것을 알 수 있는 그곳에 가려면
아무것도 알려고 하지 마라.
모든 것을 소유할 수 있는 그곳에 가려면
아무것도 가지려고 하지 마라.
모든 것이 될 수 있는 그곳에 가려면
아무것도 되려고 하지 마라.

혜미 진수는 낭송을 할 때면 목소리가 그윽해진다고 할까, 깊어진다고 할까, 그랬다. 십자가 성 요한의 말씀은 내 귀로 들어오는 것이 아니라 가슴으로 직접 전해져 온몸을 부르르 떨게 만들었다. 어두운 방 안에 밝혀진 촛불은 때로는 창문 틈으로 들어온 바람에 춤을 추기도 했고, 혜미 진수 머리 위로 떠올라 후광처럼 보이기도 했다. 촛불이 낮게 엎드린 날에는 내 마음도 깊어져 촛농처럼 눈물이 뚝뚝 떨어졌다.

가끔은 혼자서 기도할 때도 있었다. 나는 부모님이 빨리 일을 찾게 해 달라고 기도하고, 내 믿음이 점점 더 커져 어서 깨달은 자가 되게 해 달라고 기도했다. 그러던 어느 날 부모님이 역시 장사는 어려울 것 같다면서 각자 직장을 구했다고 했다. 나는 주님이 들어줄 것을 이미 알고 있었기 때문에 크게 놀라지 않았다.

믿고 의지할 사람이 있다는 것이 좋았다. 내가 믿고 의지하는 사람이 눈에 보여서 더욱 좋았다. 내가 특별한 아이인 것이 좋았고, 아버지처럼 될 수 있다는 희망이 있어서 더욱 좋았다.

늘신놀신하신하라

김설희와 조아라가 양쪽에서 내 팔을 잡아챘다. 민예은은 잔뜩 못마땅한 얼굴로 그 뒤를 쫓아왔다. 내가 끌려간 곳은 학교 근처 놀이터였다. 아이들은 나를 정자에 앉히고는 그 앞에 팔짱을 끼고 섰다.

"완전 변했어."

김설희가 말했고,

"무슨 일이 있는지 말해 봐."

조아라가 말했다.

민예은은 억지로 따라온 모양인지 슬그머니 내 옆에 앉더니 스마트폰을 들고 현란하게 손가락을 움직이기 시작했다.

"너 정미소, 영혼이 떠나간 것 같아. 완전 정신 나간 애 같아."

김설희가 검지를 관자놀이에 대고 빙글빙글 돌리면서 말했다.

"나 완전 제정신이거든."

나는 또박또박 받아쳤다.

"어쭈구리!"

김설희가 황당하다는 듯이 눈을 굴렸다.

"이게 바로 제정신이 아니라는 증거라고!"

김설희는 주먹질을 하며 을러댔다. 하지만 나는 예전처럼 비굴하게 몸을 피하거나 하지 않았다.

"정신 나간 건 너야."

허리를 꼿꼿이 폈다.

"수준 낮아서 같이 못 놀겠다."

한마디를 던지고 자리에서 일어났다.

김설희와 조아라는 입을 떡 벌리고 나를 올려다보았다. 스마트폰에 코를 박고 있던 민예은마저 손가락을 멈춘 채 내 얼굴을 살폈다.

"너 이상한 종교에 빠진 거 아니지?"

조아라였다. 민호 현수가 말한 3개월이 다 지나지 않았다. 어떻게 대답해야 하는 걸까? 어떤 말을 해야 아무도 다치지 않는 걸까?

"종교?"

순간 김설희가 눈에 초점을 잃었다. 설마 종교가 뭔지도 모르는 건 아니겠지?

"교회 같은 거?"

김설희의 물음에 민예은이 설명해 주었다.

"교회가 아니라 불교, 기독교 그런 거."

나는 방해꾼으로부터 나를 보호하고, 또 내 주위에 있는 사람들을 보호하기 위해 입을 꾹 다물었다.

"다모아 카페하고 관계있지?"

조아라가 다시 물었다. 누구한테 들은 걸까? 어떻게 알고 있는 걸까? 궁금했지만 물어보지 않았다.

"우리가 갔던 그 카페?"

김설희는 자기가 아는 내용이 나와서 기분이 좋은가 보았다.

"나는 바빠서 일어날게."

하고 돌아서는데, 설희가 다시 팔을 잡아챘다.

"뭐야? 아라랑 너랑 아는 거, 빨리 말해."

나는 혜미 진수한테 배운 악마 쫓기를 하기로 했다.

"김설희."

"어쭈구리 또!"

"내가 뭘 어떻게 변했다는 건지 말해 봐."

방해꾼이 나타나면 그가 한 말을 되돌려 주면 된다.

"눈치도 안 보고, 쌀쌀맞아지고, 자꾸 미친 것처럼 중얼거리고, 점심시간에 같이 놀지도 않고……."

"그게, 잘못됐니?"

"당연히 잘못됐지!"

김설희가 꽥 소리를 질렀다.

"그건 네가 아니잖아! 네가 아니니까 무조건 잘못됐어!"

목구멍까지 욕이 치미는 걸 꾹 참았다. 내가 욕을 할 수도 있겠다는 사실이 놀라웠다. 화를 내니까 시원한 게 아니라 화가 더 나는 것도 이상했다.

"눈에 보이는 것을 의심하세요. 그건 진짜가 아닙니다."

혜미 진수의 낮은 목소리가 귓가에 들리는 것 같았다. 눈에 보이는 것들이 점점 더 의미 없어지고 있었다. 나는 놀이터를 벗어나자마자 곧 아이들을 잊었다. 주문을 외우면 마음이 편해진다. 늘신놀신하신하라, 무슨 뜻인지 알 수 없지만 열심히 외우고 있다. 마음을 집중하여 주문을 외우면 아무도 가르쳐 주지 않아도 어느 날 저절로 뜻을 깨닫게 된다고 했다. 머리가 하는 일이 아니라 마음이 하는 일이라고도 했다.

오늘은 예배가 있는 날이라 더 이상 수준 낮은 접근에 시달리고 싶지 않고 방해꾼도 만나고 싶지 않았다. 곧장 카페 건물 4층으로 갔다. 강당 안은 창문이 꼭꼭 닫혀 있고 암막 커튼까지 쳐 있었다. 예배는 아주 순수한 의식이라 외부로부터 방해를 받지 않으려는 뜻이었다.

강당 안에는 백 개도 넘는 촛불이 켜져 있었다. 군데군데 장식

된 백합꽃 때문인지 순간 정신이 아찔했다. 두 명의 여자가 찬송가를 부르기 시작하자 제단 위에 놓인 세 개의 향에 불이 붙여졌다. 제단에 향이 충분히 피어오른 뒤 크림색 천으로 온몸을 감싼 아버지가 나타났다. 아버지는 두 팔을 들어 올려 하늘을 보았다. 아버지를 따라 천장을 보는 사람도 있었고, 고개를 푹 수그리고 주문을 외우는 사람도 있었다.

"나는 여러분이 무엇을 원하는지 잘 알고 있습니다."

아버지가 말했다.

"나는 여러분들이 원하는 그 모든 것을 다 이루게 해 줄 것입니다."

사람들이 "아버지!"를 외치기 시작했다.

"당신은 모든 것을 가질 수 있습니다."

아버지는 그렇게 말한 뒤 느닷없이 한 손을 번쩍 들고 어딘가를 초점 없는 눈으로 보기 시작했다. 우리는 모두 숨을 죽였다. 아버지는 온몸이 굳어 버린 것처럼 미동도 하지 않다가 갑자기 부르르 떨기도 하고 고개를 갸웃하기도 했다. 주님과 대화를 하는 모양이었다. 아버지가 불현듯 알아들을 수 없는 소리를 중얼거리기 시작했다. 그 소리는 느려졌다가 빨라지고 커졌다가 다시 잦아들었다. 주님의 말씀을 다 들은 아버지는 활력이 넘치는 모습으로 우리를 돌아보며 아픈 이들을 치료해 주겠다고 했다. 병든 사람은 모두 제단으로 나오라고 했다. 주님이 금방 치유의 은사를 주셨다고 했다. 성경책에서나 보던 치유의 기적을 직접 눈으로 본다고 생각하니 가슴이 마구 뛰었다.

아저씨 두 분과 아주머니 다섯 분이 제단으로 나가 아버지 앞에 무릎을 꿇었다. 관절염이 있는 사람도 있고, 허리 디스크가 있는 사람도 있고, 위장병에 걸린 사람도 있고, 심지어 암에 걸린 사람도 있었다. 대장암이라고 했다. 아버지는 한 사람 한 사람 몸에 손을 올리고 입으로 주문을 외우며 치료를 시작했다. 위가 아픈 사람은 뉘어 놓고 배에 손을 올리기도 했고, 다리가 아픈 사람은 다리를 쓰다듬기도 했다. 대장암에 걸린 아저씨를 가장 오랫동안 치료했다. 치료가 다 끝난 뒤 아버지가 말했다.

"믿는 자는 나을 것이요, 의심한 자는 병이 더 깊어질 것이다."

모두 "아버지!"를 외쳤다.

"일어나라, 일어날 수 있을 것이다."

"걸으라, 걸을 수 있을 것이다."

"뛰어라, 뛸 수 있을 것이다."

사람들 입에서는 "주여!" 하는 소리가 터져 나오기 시작했다.

그때였다. 아버지 표정이 달라졌다. 한껏 자애롭게 웃고 있었는데, 갑자기 험상궂은 얼굴로 바뀌었다. 아버지는 무릎 꿇고 앉아 있는 사람들 앞으로 급하게 걸어가더니, 느닷없이 어떤 아저씨 머리통을 후려쳤다. 아저씨는 얼마나 세게 맞았던지 옆으로 쓰러지고 말았다.

"네가 나를 의심해?"

아저씨는 재빨리 몸을 추스르고 앉았지만, 다시 한 번 아버지에게 맞아 쓰러졌다.

"여기가 어디라고 감히 아버지를 시험하느냐?"

"아버지가 주님의 말씀을 듣는 걸 보지 못하였더냐?"

"아버지를 의심하다니 이생도 모자라 내생으로 이어질 그 업장을 다 어찌하려고 그러느냐?"

"이 어리석은 것아, 머리로 생각하지 말고 마음으로 생각하라고 내 얼마나 일렀느냐?"

아버지가 소리칠 때마다 마치 내가 혼나는 것처럼 온몸이 오그라들었다. 고개를 잔뜩 수그리고 두 눈을 꼭 감았다. 아저씨가 비는 소리가 들리기 시작했다. "잘못했습니다, 잘못했습니다!" 가만히 실눈을 뜨고 보니 아저씨는 두 손을 싹싹 비비고 있었다.

폭풍이 가라앉고 다시 찬송가가 흘러나왔다. 제단에 새로운 향이 바쳐졌다. 아버지는 편안한 얼굴로 돌아가 있었지만, 나는 무서움증이 좀처럼 가라앉지 않았다.

다음 날, 김설희가 한쪽 팔에 깁스를 하고 나타났다. 그리고 몇 주 뒤, 대장암에 걸렸던 그 아저씨가 완치되어 다모아교에 1억 원을 헌납했다는 이야기를 들었다. 1억 원은 아저씨가 가진 전 재산이라고 했다. 죽을 목숨을 살려 주었는데 그까짓 1억 원은 아까운 것도 아니라고 했다.

　'안'은 어쩐 일인지 은수가 아닌 현수로 이름 받았다는 이야기를 들었다. 나의 은수식은 다른 두 명과 함께 보름 뒤에 있을 예정이었다. 은수식을 치를 돈 30만 원은 이미 냈다. 명절 때마다 받은 돈을 쓰지 않고 모아 두었는데, 꼭 그만큼이어서 신기했다. 은수식에는 하얀 드레스를 입는다고 해서 나는 자꾸만 마음이 설레었다.

제4장 구원

드러난 비밀

다모아 카페에 가야 했기 때문에 인간 떼가 다모아 카페에 함께 가자고 하는 걸 피할 길이 없었다.

"영적으로 성숙하지 않은 사람을 가까이하여 자신을 오염시키지 마세요."

혜미 진수는 은수식 날이 정해지자 특별히 당부했다. 낮은 수준의 접근 1, 2, 3과 함께 있으니 마음이 자꾸 불안하고 정신이 다 혼란스러워지는 것만 같았다.

"정훈이하고 거시기도 올 거야."

조아라가 말했다. 다른 아이들은 이미 알고 있는 모양이었다. 카페 안에 아는 얼굴들이 보였지만 모른 체하고 자리에 앉았다.

"다모아교 얘기는 거시기한테 들은 거니?"

나조차 강아지 눈을 거시기라고 부르는 게 가슴 아팠다.

"뭐, 그럴 수도 있고."

조아라와 민예은이 의미심장한 눈빛을 서로 나누었다.

"거시기는 거시기하려나?"

김설희는 그런 말도 안 되는 소리를 해 놓고 저 혼자 깔깔대며 웃더니 빗을 꺼내 앞머리를 빗기 시작했다. 카페 안에 있는 사람들이 일제히 우리를 돌아보았다. 진짜 손님은 우리뿐이었다. 모두 예배 시간에 한 번쯤 마주쳤던 얼굴들이었다. 신도들은 다시 고개를 돌리고 조용조용 이야기를 나누거나 보던 책으로 시선을 떨궜다.

"다모아교는 어떤 종교야?"

조아라가 물었다.

말을 해도 될까, 하는 생각을 하면서 아직 깁스를 풀지 못한 김설희에게 시선을 주었다.

"왜? 그런 걸 말하면 누가 다치기라도 하니?"

조아라는 얼마나 알고 있는 걸까? 나는 다시 악마 쫓기를 쓰기로 했다.

"너는 어떻게 알고 있는데?"

그때 김설희가 뒤통수를 쳤다.

"너, 무슨 짓이야?"

그렇게 소리친 건 바로 나였다. 상상으로 한 게 아니라 진짜 소리친 것이다.

"반칙이잖아. 아라가 먼저 물었으니까 대답은 네가 해야지."

김설희는 그렇게 말하고는 갑자기 똥 마려운 얼굴을 하고 화장실로 뛰어갔다.

"말해 봐."

민예은도 재촉했다. 말해도 되는 걸까? 지금까지 듣기만 했지 내 입으로 말해 본 적은 없다. 막상 이야기하려니 머릿속이 하얘지는 것 같았다.

"다 모은 교지?"

내가 입을 꽉 다물고 있자, 민예은이 참지 못하고 물었다.

말하자면 그렇다. 혜미 진수가 좋은 사상들을 다 모았다고 이야기할 때는 근사하게 들렸는데, 민예은 입으로 다 모았다는 소리를 들으니까 싸구려처럼 들리는 게 이상했다.

"그거 좋은 거니?"

"이상한 거지?"

"좋은 거면 왜 우리한테 얘기 안 했어?"

"너 우리가 친구이긴 한 거니?"

"비밀로 한 거 보면 이상한 게 분명한데, 안 그래?"

"구리니까 감추는 거 아니야?"

조아라와 민예은의 수준 낮은 이야기를 듣고 있자니, 영혼이 구정물을 푹 뒤집어쓴 기분이 들었다.

때마침 김설희가 나타났다. 똥을 싼 게 아니었다. 짧은 머리를 어쩌면 저렇게 컬을 잘 말았을까, 씨씨 크림까지 바르고 나온 걸 보니 여전히 강아지 눈을 좋아하는 걸까?

"너, 아직도 거시기 좋아하니?"

나는 물었다. 김설희한테 뭔가 궁금한 것도 처음이었다.

"안 좋아해!"

김설희는 갑자기 거칠게 소리쳤다.

"난 게이는 싫어."

"거시기가 게이야?"

하고 묻는데 강아지 눈과 한정훈이 나타났다. 나쁜 남자였다가 언제 또 게이가 되었을까? 다음에 거시기가 화제로 떠오르면 그때는 어떤 남자가 되어 있을까? 가슴은 또 왜 이렇게 뛰는 걸까? 나는 강아지 눈을 보지 않으려고 눈을 내리깔았다. 그러느라 민호 현수와 '안'이 함께 있는 걸 보지 못했다.

"안녕하세요!"

민호 현수의 소프라노 톤 목소리를 듣는 순간, 깜짝 놀라서 어깨까지 들썩였다.

그리고 나는 보았다. 강아지 눈이 '안'의 어깨에 한쪽 팔을 올리고 있었다. 역시 둘은 연인이 분명했다. 뽀뽀는 물론이고 그 이상을 한 사이가 틀림없다. 머릿속에선 이미 강아지 눈과 안이 얼굴을 30도씩 반대 방향으로 돌리고 뽀뽀하는 모습이 영화의

한 장면처럼 생생하게 떠올랐다. 강아지 눈이 지금까지 나를 가지고 놀았다는 사실을 깨닫는 데 전혀 부족함이 없는 상황이었다. 나도 모르게 중얼중얼 주문을 외웠다. 늘신놀신하신하라. 주의를 다른 곳으로 돌리려고 주문의 의미를 생각하다가, 머리로 생각하면 그 의미는 더 멀리 달아난다는 말이 떠올랐다. 주문의 의미를 생각하는 걸 멈추려고 노력했다. 기분이 엉망진창이었다.

다모아 카페에 이 모든 사람들이 얼굴을 마주하고 있는 상황을 도무지 이해할 수가 없었다. 그때 민호 현수가 더욱 놀라운 말을 했다.

"5층으로 안내하겠습니다. 따라오세요."

이름을 받지 못한 사람은 카페 이외의 공간에 들어갈 수 없다. 거기다가 5층이라면 나도 가 본 적이 없는 공간이었다. 나는 민호 현수가 무슨 실수를 하는 게 아닌가 싶어서 돌아보았다. 그러다가 또 강아지 눈과 안을 보고 말았다. 안은 강아지 눈의 팔을 치우려고 애를 쓰고, 강아지 눈은 그러거나 말거나 안의 목을 조르다시피 하면서 더욱 몸을 밀착시키고 있었다. 예상했던 일이 아니었던가? 당황할 이유가 없는 것이다. 나는 울지 않으려고 입술을 꼭 깨물었다. 얼마나 세게 깨물었는지 피 맛이 났다.

차라리 잘된 거다. 어차피 다모아교 신도라면 사랑해도 사귈 수가 없는 것을, 사랑만큼 큰 업장이 없는 것을……. 웃으려고 노력하다 관두었다. 왜 강아지 눈은 그렇게도 내 앞에서 얼쩡거렸을까, 그 모든 것이 다 우연이었을까, 왜 나를 좋아하는 척했을까, 나를 놀리는 게 그렇게 재미있었을까?

5층은 넓은 거실에 방도 몇 개 있어서 일반 주택 같은 느낌이 들었다. 거실은 우리가 다 앉고도 자리가 남았다.

"어디 다치셨어요?"

민호 현수가 김설희를 보며 깜짝 놀란 시늉을 했다. 민호 현수는 이미 나한테 이야기를 들어 다 알고 있었다.

"아빠가 의자를 던졌어요."

김설희가 다시 무용담을 늘어놓기 시작했다.

"막다가 팔이 부러진 거예요. 아파서 죽는 줄 알았잖아요."

김설희는 뭔가 설명이 부족하다고 생각했는지 덧붙였다.

"내가 연예인 된다고 했더니, 아빠가 열 받아서 뒤집어진 거예요. 연예인 되고 싶은데."

그때였다.

"원하면 다 될 수 있어요."

민호 현수가 진지하게 말했다. 어디선가 킥킥대는 소리가 들렸다. 강아지 눈이었다.

"원하면 다 될 수 있어요."

민호 현수는 경고라도 하듯이 강아지 눈을 보면서 다시 힘주어 말했다.

"아, 네."

강아지 눈은 웃음을 참으며 빈정거리는 투로 대답했다.

"여러분 모두 다모아교에 관심이 있다고 우리 현수님한테 들었는데요."

나는 너무 놀라 의자에서 벌떡 일어설 뻔했다. 이 아이들이 다모아교에 관심이 있다고? 설마 다모아교에 들어오겠다는 건 아니겠지?

"다 들어오고 싶대요."

안이 상큼하게 대답했다.

"나도?"

하고 물은 건 김설희였다. 아이들이 김설희한테는 자세한 이야기를 하지 않은 모양이었다.

"되게 좋은 거야."

민예은이 김설희 옆구리를 쿡 찌르며 소곤거렸다.

"아무나 들어오고 싶다고 무작정 들어올 수 있는 곳은 아닙니다만……."

민호 현수는 꽤 만족한 얼굴로 일부러 말꼬리를 늘였다.

"우리 현수님의 부탁도 있고, 다모아교에서는 10대 청소년들을 가장 환영하거든요. 믿을 만한 사람의 추천과 영혼이 맑아야 한다는 두 가지 조건이 딱 맞아 떨어져서 여러분들을 비밀 공부에 초대하기로 했습니다."

안은 이미 믿을 만한 사람이 되어 있었다. 그래서 은수가 아니라 현수인지도 모르겠다. 은수는 3개월 동안 다모아교에 대해서 말하면 안 되지만, 현수는 포교까지 할 수 있는 모양이었다. 안은 얼굴도 예쁜 데다가 영혼까지도 우월했다. 왠지 씁쓸했다.

"비밀 공부요?"

격하게 반응을 보인 사람은 김설희였다.

"비밀, 되게 좋아하는데."

무슨 생각을 하는지 볼이 발그레했다.

"하루에 한 시간씩 공부하십니다. 그리고 첫 주문을 받습니다. 여러분들이 원하는 삶을 살게 해 줄, 깨달음에 이르게 하는 주문입니다."

"주문이요?"

역시 김설희.

"뭔가 짱 흥분된다."

배시시 웃는다. 다시 킥, 하는 강아지 눈의 웃음소리가 들렸다.

"혹시 촛불 켜고 해요?"

김설희는 이상한 직관을 발휘하며 물었다.

"역시."

민호 현수는 감탄을 했다. 김설희를 보면서 말이다!

"아주 특별한 분이십니다."

그 소리에 김설희는 티 나게 으쓱해 보이더니 문득 눈을 반짝 빛내며 물었다.

"혹시 스파이 같은 건 안 해요?"

"스파이요?"

"그런 것도 좀 배웠으면 좋겠는데."

"그런 교육도 합니다."

나도 처음 듣는 소리였다.

"역시."

민호 현수는 다시 감탄하면서 안을 보고 우리를 둘러보며 웃음 지었다.

조아라가 한정훈 목덜미에 깊이 얼굴을 묻고 있어서 한정훈은 누가 무슨 이야기를 하는지 하나도 귀에 들어오지 않는 듯 정신 나간 얼굴이었고, 민예은은 김설희와 민호 현수를 드라마 보듯이 흥미롭게 지켜보고 있었고, 안은 이전에도 보았던 뭔가 몽롱한 얼굴이었다. 아무리 보지 않으려 해도 나는 강아지 눈을 볼 수밖에 없었다. 강아지 눈은, 그 애는 나를 보고 있었다. 대체 왜?

대체 왜?

모두 다모아교에 들어올 것처럼 굴더니 막상 비밀 공부를 시작한 사람은 김설희, 그리고 강아지 눈뿐이었다. 민예은은 모의고사 시험 범위가 발표되자마자 다시 모범생 모드로 돌아갔다. 모의고사가 끝나면 바로 기말고사 시험 범위가 발표될 예정이어서, 민예은의 뽀송뽀송한 얼굴을 한동안은 보기 힘들 것 같았다. 조아라는 점점 새엄마가 좋아지고 있어서 공부를 할지 말지 고민이라면서도 습관처럼 한정훈을 만나느라고 바빴다.

나는 김설희와 강아지 눈이 함께 비밀 공부를 한다는 게 무척 신경이 쓰였다. 둘의 습의사는 혜미 진수가 아니라 대학생인 정우 진수라고 했다. 점심시간이면 민예은은 수학 문제집을 풀거나 영어 단어를 암기하느라고 바빴고, 조아라는 한정훈과 문자 메시지를 주고받거나 통화를 하느라고 바빴고, 김설희는 앞머리를 묶거나 정우 진수 이야기를 하느라고 바빴다. 김설희는 정우 오빠가 좋다고 했다. 정우 진수라고 말하는 걸 들은 적이 없다.

나는 정말 스스로를 특별한 아이라거나 세상을 구원할 사람으로 생각했던 모양이었다. 강아지 눈은 그렇다 치고 김설희가 다모아교 신도가 된 것에 대해서 어떤 절망 같은 것을 느꼈다. 몇 번이나 망설이다가 더 이상 참을 수 없어서 민호 현수한테 물어보았다.

"설희도 특별한 아이인가요?"

민호 현수는 처음에는 눈만 껌뻑이더니,

"세상을 구원할 상인가요?"

하는 물음에 얼굴을 잔뜩 찌푸리면서 말했다.

"판단하지 마십시오. 업장을 쌓지 마십시오. 아버지만이 영혼을 보실 수 있습니다."

예상했던 답이어서 실망이 컸다.

"왜라고 묻지 마십시오."

그 말을 하는 민호 현수의 눈에는 어떤 걱정 같은 빛이 어려 있었다.

"왜라고 묻기 시작하는 순간 우리는 얼음 인간이 되고 맙니다. 그 어떤 진리도 받아들이지 못하고 조그만 몸뚱이 속에 꽁꽁 갇히고 맙니다. 싹을 잘라야 합니다. 질문이 커지면 얼음도 두꺼워

집니다. 미소 은수님, 비교하지 마십시오. 경쟁은 아버지가 원하는 게 아닙니다."

처음 교회를 찾았을 때, 나는 가슴 가득 주님의 은총을 느꼈다. 시간이 흐르면서 어떤 죄의식 같은 것이 싹텄고, 목사님은 도박으로 감옥에 갔다. 다모아교에서 공부를 시작하고 나는 다시 주님의 은총으로 충만해졌다. 그런데 시간이 흐르면서 다시 어떤 의구심 같은 것이 싹트고 있다. 무엇이 문제일까?

나는 설희와 함께 아프리카 아동을 위한 모금 활동을 나가야 했다. 민호 현수는 가판대를 설치해 주고 몇 가지 주의 사항을 알려 준 뒤 파이팅을 외치고는 갔다. 설희는 앞머리를 바짝 추켜 올려 딸기 핀으로 꽂고는 민호 현수가 주고 간 종이를 잠깐 들여다보더니 놀랍게도 토씨 하나 틀리지 않고 그대로 외워 소리치기 시작했다.

"아프리카 아동을 후원하고 있습니다."

"말라리아로 죽어 가는 아프리카 아동을 도와주세요."

"사탕과 초콜릿으로 여러분의 사랑을 보여 주세요."

우렁찬 목소리였다. 사람들을 불러 모으는 건 늘 민호 현수 몫이었다. 나는 그저 옆에서 머릿수를 채우거나 돈 관리를 할 뿐이었다. 이번에도 설희가 하는 양을 가만히 보고만 있었다.

"미소 은수님도 좀 소리치시지요."

김설희는 짐짓 예의 바르게 이야기했다. 나는 어이가 없어서 잠자코 있었다.

"미소 은수님은 목구멍이 꽉 막혔습니까?"

그러더니 버릇처럼 손을 올리려다가 재빠르게 내렸다. 다모아교 신도 생활 며칠 만에 참 놀라운 변화였다.

"나쁜 년."

설희가 말했다. 제 버릇 개 주는 건 역시 힘든 일이다.

"이 좋은 걸 그동안 너 혼자 했냐? 완전 재밌다. 학교 가지 말고 맨날 다모아에서 다 모였으면 좋겠다."

설희는 빠른 속도로 적응하고 있었다.

"근데 왜 춤을 못 추게 하는 거야? 거 왜 있잖아. 가게 같은 거 처음 문 열면 헐벗은 언니들이 막 춤추면서 사람들 시선 끌잖아. 그러면 훨씬 많이 팔 수 있을 텐데."

그랬다. 설희는 적응력뿐 아니라 공격력까지 보이고 있었다.

"소리치는 것 외에는 안 돼요."

민호 현수가 몇 번이나 주의를 주고 갔던 것이다.

설희는 갑자기 눈을 빛내더니 느닷없이 춤을 췄다. 그러고는 혼자 까르르 웃다가 다시 춤을 추다가 까르르 웃다가를 몇 번 하더니, 돌아서서 앞머리를 매만지기 시작했다. 그러고는 자기 스마트폰을 건네며 동영상을 찍으라고 하는 게 아닌가.

"놀러 왔냐?"

"재밌게 하면 좋지. 근데 너 왜 반말이야? 다모아교에서는 존댓말 써야 하는 거 몰라?"

속이 부글부글 끓기 시작했다. 민호 현수를 만나면 혹시 인간이 이상해서 쫓겨난 신도가 있었는지 물어봐야겠다는 생각이 들었다.

"빨리 찍기나 해."

"왜? 왜 찍어야 하는데?"

학교에서 만나는 것으로도 모자라 방과 후까지 김설희와 함께 지내야 하는 건 너무 큰 시련이었다.

"너, 비밀 공부 제대로 하고 있는 거냐?"

백치 김설희가 어깨에 잔뜩 힘을 주며 물었다. 김설희 입에서 '공부'라는 말이 나올 줄은 몰랐다.

"왜라는 질문은 하면 안 되는 거야. 알겠냐?"

나는 설희의 채근에 할 수 없이 동영상을 찍고 사진도 몇 컷 찍어 주었다.

"이게 다 추억이야."

김설희는 무척 뿌듯해 하더니 초콜릿 사는 사람들이 별로 없자 다리가 아프다, 심심하다, 이것도 못할 짓이다, 알바를 했으면 돈이 얼마다, 투덜대기 시작했다. 아줌마 한 분이 초콜릿값이 비싸다고 하자 "우리가 먹는 건 한 푼도 없어요." 하면서 싸울 듯이 덤볐고, "후원금이 정말 아프리카로 가는 건 맞냐?"고 묻는 사람한테는 "겨우 천 원 가지고 치사하게 구시네. 안 팔아요!"라며 내쫓기도 했다.

민호 현수가 올 시간이 다 되었다. 김설희는 하늘을 보며 한숨을 길게 내쉬더니, 바구니에 든 초콜릿을 한 개 한 개 꺼내 탁자로 옮기기 시작했다. 초콜릿이 열 개쯤 되자 두 손으로 싹 긁어 모아 제 가방에 넣고는 지갑에서 만 원짜리 한 장을 꺼냈다가 다시 5천 원짜리 한 장과 천 원짜리 다섯 장으로 바꾸었다.

"다시는 너랑 이런 데 안 나와."

설희는 돈 쥔 손을 부르르 떨더니 판매 대금을 넣어두는 봉투에 돈을 넣고 나를 길게 째려보았다.

"내가 너 때문에 뭔 고생이냐?"

나 때문이라고? 김설희는 분명 그렇게 말했다. 나는 또 어이가 없었지만, 김설희 때문에 어이가 없는 일이 한두 번인가 싶어 참았다.

상황을 모르는 민호 현수는 봉투를 열어보고는 깜짝 놀라며 기뻐했다.

"근데 이거 뭔가 다른 방법이 필요해요."

김설희는 자못 심각하게 말했다. 설희가 심각한 모습도 참 낯설었다.

"사람들이 대관절 사지를 않아요."

민호 현수는 활짝 웃으며 대답했다.

"얼마나 많이 파는가는 중요하지 않아요. 다모아교가 아프리카 아동을 후원하고 있다는 걸 알리는 것만으로도 충분한 걸요."

"뭐야, 그럼 초콜릿은 미끼예요?"

김설희가 따지듯이 물었다. 민호 현수는 당황하여 대답했다.

"뭔 미끼요?"

"미끼요? 미끼가 뭐예요?"

"네?"

"지금 미끼라고."

"네?"

두 사람은 서로를 이해할 수 없다는 눈을 하고, 이해할 수 없는 대화를 나누었다. 나는 빨리 두 사람한테서 벗어나고 싶었다.

쾌락의 성지

설희와 마찬가지로 강아지 눈도 다모아교에 공격적으로 적응을 하는 듯 보였다. 강아지 눈은 이전보다 더 자주 내 눈에 뜨였다. 그것이 좋기도 하고 나쁘기도 했다. 비밀 공부를 마치고 나온 어느 날, 다모아 건물에 등을 기대고 서 있는 강아지 눈을 보았다. 누군가를 기다리는 듯해서 스쳐 지나가려는데 조용히 다가오는 게 아닌가.

"카페 갈까?"

속삭이는 듯한 소리에 목이 저절로 움츠러들었다.

"어때?"

어떨 거라고 생각하니? 머리가 복잡했다.

"다모아 갈까?"

나는 최대한 덤덤하게 말했다. 순간 강아지 눈이 픽 웃었다.

"다모아는 안 돼."

"왜?"

"찻값이 너무 비싸. 직원한테까지 돈을 받는 게 말이 되냐?"

강아지 눈은 신도를 직원이라고 말하는 모양이었다.

"직원 상대로만 운영해도 한 달에 꽤 번다."

그러더니 내 팔을 가볍게 잡아 방향을 틀었다. 강아지 눈이 데려간 곳은 민망하게 방들로 꾸며진 카페였다.

"여기가 바로 10대들 쾌락의 성지야."

강아지 눈은 킬킬대고 웃었다.

나는 낮은 천장에 머리를 부딪치지 않도록 조심하면서 신발을 벗고 들어가 앉아 쿠션을 가슴에 안았다. 가슴이 두근거렸다.

"이제야 비로소 정미소 양과 데이트를 하는군."

그 소리에 얼굴이 확 달아올랐다.

"얼굴은 왜?"

강아지 눈은 놀리는 빛으로 웃더니 정색을 하며 말했다.

"아, 우리 짬뽕 교에서는 왜라는 질문은 절대 해서는 안 되지."

그러고는 또 웃는다.

강아지 눈은 왜 다모아교에 들어온 것일까? 이 시간에 왜 안하고 같이 있지 않고 나하고 같이 있는 걸까? 순간 강아지 눈이 안의 어깨를 꼭 안고 있던 모습이 떠올랐다. 나는 얼른 고개를 숙

168

였다.

"내가 다모아에 들어오니까 도망갈 데가 없지?"

또 킬킬댄다. 강아지 눈은 나를 놀리려고 여기에 데려온 게 틀림없다.

일하는 언니가 주문을 받으러 왔다. 강아지 눈은 메뉴판을 나한테 건네주고는 익숙하게 말했다.

"카페 모카, 생크림 올려서요."

나도 같은 걸 주문을 하고 싶었지만, 강아지 눈앞에서 생크림을 먹을 자신이 없어서 망설였다.

"같은 거로?"

강아지 눈의 물음에 그만 고개를 끄덕이고 말았다.

다시 둘만 남았다. 방문은 열려 있었지만, 테이블이 작아서 둘 사이가 너무 가까웠다. 무엇보다 다리를 어떻게 해야 할지 난처했다.

"불편하지?"

나는 어떻게 대답해야 할지 몰라 가만히 있었다.

"내가 그렇게 좋아?"

강아지 눈이 내 눈을 들여다보면서 눈웃음을 쳤다.

그때였다. 느닷없이 눈물이 뚝, 떨어진 것이다. 나도 왜 그랬는지 모르겠다. 강아지 눈도 그런 상황은 예상하지 못했는지 깜짝 놀란 얼굴이었다.

"아, 미안. 나는…… 그냥 장난이었어."

나는 울고 싶지 않기도 했고, 너무 창피했다, 그냥 펑펑 울고 싶기도 했다. 가슴이 터질 것처럼 답답했다.

"나 때문에 우는 거야? 미소야, 미안하다. 그럴 생각은 아니었는데."

강아지 눈은 무릎을 꿇더니 얼굴을 들이대며 사과를 시작했다. 나는 손가락으로 강아지 눈의 어깨를 밀쳐 냈다.

"아, 미안. 떨어져서 앉을게."

나는 아직 울지 말지 결정을 못 해서 소리 안 나는 눈물만 뚝뚝 떨어뜨렸다.

"절대 네 앞으로 다가가지 않을게."

강아지 눈은 여전히 무릎을 꿇고 앉아 비장하게 말했다.

노크 소리가 들렸다. 언니는 잠시 머뭇거리더니 찻잔을 테이블 위에 놓아 주고 재빨리 사라졌다.

다시 둘이 되었다.

가뜩이나 못생겼는데 우는 얼굴이 얼마나 못나 보일까, 하는 생각이 들자 더 서러워졌다.

"가슴 아파서 못 보겠다."

강아지 눈은 그렇게 말하고는 창문으로 눈길을 돌렸다.

"너, 나한테 왜 그래?"

어쩔 수 없이 목소리가 떨렸다. 강아지 눈은 내 쪽은 보지도 않고 대답했다.

"내가 뭘."

목소리가 잔뜩 풀이 죽어 있다.

"왜 나 좋아하는 척해?"

이제야 비로소 물어본다. 나를 왜 좋아해? 그렇게 물어보고 싶었는데, 안을 보고 난 뒤 질문이 바뀌어 버렸다.

"좋아하니까 좋아하는 거지."

강아지 눈이 천천히 나를 돌아보았다. 또 눈물이 뚝 떨어졌다. 강아지 눈은 다시 시선을 돌렸다. 왠지 강아지 눈의 눈도 붉어진 것 같았다.

"넌 여자 친구도 있잖아."

"없어."

강아지 눈은 당연하다는 듯이 말했다.

"그럼 그 애는?"

"누구? 혹시 안?"

나는 고개를 끄덕였다.

"질투심 불러일으키기 작전이 성공했나 보네."

강아지 눈은 여전히 기운 없는 목소리로 대꾸했다.

그때 다시 노크 소리가 났고 차를 가져다주었던 언니가 화장지를 놓고 나갔다.

"앞으로 여기 자주 올 텐데 완전 강렬한 첫인상 심어 주네."

강아지 눈은 중얼거리며 화장지를 한 장 뽑아 건넸다. 화장지를 보니 다시 엉엉 울고 싶어졌다.

"이제 울지 마."

강아지 눈은 망설이는 빛이더니, 내 손에 들린 화장지를 뺏어서 볼에 갖다 댔다. 눈물을 닦아 주려던 모양인데, 강아지 눈의 생각보다 크고 단단한 손은 내 뜨거운 뺨에 그대로 머물렀다. 다시 눈물이 흘러 화장지를 적시고 강아지 눈의 손을 적셨다.

"손 치워."

나는 울먹이며 말했다.

"싫어."

강아지 눈은 말은 그렇게 하면서도 조용히 손을 내렸다.

"센 척하는 줄 알면서도, 내가 심했지."

강아지 눈은 길게 한숨을 쉬더니 갑자기 자기 머리를 마구 쥐어박았다. 그 모습은 꽤 웃겼는데 웃을 수가 없었다. 대신 눈물은 쏙 들어갔다.

"안은 내 쌍둥이 여동생이야. 10분 차이로 나온. 우리는 서로가 쌍둥이라는 걸 용납할 수 없어서 남남인 척 지내."

거짓말, 그런 생각이 들었다. 안처럼 예쁜 여동생을 싫어할 오빠가 누가 있을까?

"실은 남자애들이 안의 겉모습만 보고 대단한 착각들을 하고 자꾸 소개 시켜 달라는 거야. 그게 귀찮아서 남남인 척 지내."

역시 안은 남자들한테 인기가 많은 모양이었다.

"남남이었으면 좋겠어. 걔 때문에 내가 얼마나 골치 아픈지 모르지? 난 걔 보디가드도 해야 하고 가정 교사도 해야 해. 자기 앞가림도 못 하는 애거든. 내가 애 하나를 키우는 거지."

뭔가 과장된 말투였지만 완전히 거짓말은 아닌 것 같았다.

"걔는 뇌 구조가 어떻게 된 건지."

강아지 눈은 자기 머리를 가리키며 말했다.

"앞에 뭐만 보이면 그냥 달려, 말처럼. 뭘 이성적으로 생각하는 법이 없다니까. 뇌는 장신구야. 왜라는 질문을 절대 안 해요. 김설희 과야, 백치 과."

설희가 백치라는 말에 동의하는 것처럼 보일까 봐 시선을 피했다. 아무튼, 친구니까 말이다.

"근데 왜 안이라고 불러?"

"어쩌다 보니."

강아지 눈은 잠시 망설이더니 말했다.

"내 이름이 좀 이상하잖아. 성기가 뭐냐, 성기가. 부모님도 참 아무 생각이 없어요."

"영화배우 안성기도 있잖아."

나는 위로해 주려는 생각으로 말했다.

"우리 엄마가 안성기 좋아해서 그렇게 지은 거야!"

강아지 눈은 버럭 소리를 질렀다.

"화내서 미안. 나는 안성기가 정말 싫다고."

잠시 침묵이 흘렀다.

"동생 이름은 성금이거든. 안성금. 내 이름보다는 낫지만, 걔도 만만치 않지. 본인이 너무 싫어해. 둘 중에 누가 먼저 안이라고 불렀는지 모르겠지만, 언젠가부터 그렇게 부르고 있더라."

다시 침묵이 흘렀다.

"근데 너 혹시 나 좋아하니?"

강아지 눈은 정말 궁금한 얼굴이었다.

"아는 거 아니었어?"

"내가 무슨 독심술이 있는 것도 아니고, 어떻게 알아. 맨날 도망만 가는데."

그러더니 씩, 웃었다.

"그냥 들이댄 거지, 내가 알긴 뭘 알아."

강아지 눈은 크고 검은 눈을 반짝이며 활짝 웃었다. 그 모습이 너무 사랑스러웠다.

다시 심장이 뛴다

나는 남자와 사귀면 안 된다는 다모아교의 교리를 무시할 수가 없었다. 강아지 눈은 입문한 지 얼마 되지 않아서 교리를 심각하게 생각하지 않는지도 몰랐다. 다모아에서 강아지 눈은 짐짓 진지해 보이지만, 나와 둘이 있을 때면 내가 알던 강아지 눈으로 돌아갔다. 강아지 눈하고 사귀기로 결정한 것도 아니면서, 강아지 눈과 가까운 티가 날까 봐 예배를 볼 때도 멀리 떨어져서 앉는다. 강아지 눈과 함께 성스러운 의식에 참여하고 있다는 것만으로도 좋았다. 그러다가도 김설희를 보면 또 생각이 바뀌곤 했다.

설희는 모든 것을 놀이로 바꾸는 놀라운 재주가 있었다. 절대 음감이라도 있는 건지 찬송가와는 사뭇 다른 노래도 기가 막히게 따라 불렀다. 게다가 목소리도 너무 컸다. 사람들이 "아버지!"

를 외치면 저도 덩달아 거의 울부짖는 듯한 목소리로 "아부지!"를 외쳤다. 설희는 왜 그러는지 아버지라고 하지 않고 꼭 아부지라고 했다.

아버지가 심각한 이야기를 하고 있는데도 꼭 모은 두 손을 위아래로 흔들며 "아부지!"를 외쳐서 예배 시간에 처음으로 웃음이 터진 일도 있었다. 분위기를 깬 것이 분명한데도 아버지는 설희를 야단치지 않았고, 설희도 자기가 꽤나 잘한 줄 착각해서 해맑게 웃어 보였다.

"아버지를 아버지라고 부르면 우리 집에 있는 진짜 아버지를 배신하는 거여서 너무 좋아."

설희는 말했다.

"울 아버지, 내가 이러고 있는 걸 알면 완전 미칠걸. 의자 막 던지고 식탁 막 던지고 난리 날 거야."

설희는 아버지가 화내는 모습을 상상하는지 눈알을 굴리다가 웃음을 터뜨렸는데, 무척 행복해 보였다. 누가 봐도 꽤 만족스러운 모습이었다. 문제는 나였다. 언제부터 왜, 라는 질문이 시작됐을까? 은수식을 앞두고 혜미 진수의 지시에 따라 기도 시간을 늘렸는데, 늘린 시간만큼 더 많은 질문이 고개를 들기 시작한 것이다. 마음으로 생각하지 않고 머리로 생각하고 있었다. 더 이상 촛불은 춤추지 않았고 푸른 십자가의 형상도 나타나지 않았다.

대체 원인이 무엇일까?

이제 내가 다모아 신도라는 것은 더 이상 비밀이 아니다. 강아지 눈은 아무도 모르게 윙크를 하곤 했다. 다모아 안에서 강아지 눈은 비밀이 되었다, 우리 관계가 비밀이 되었다. 강아지 눈과 카페 '달콤한 낮잠'에 간 뒤로 나는 수백 번, 어쩌면 수천 번도 더 강아지 눈과 '달콤한 낮잠'에 있었다. 머리는 쉬지 않고 그날의 필름을 재생했으며, 가슴은 쉬지 않고 두근거렸다. 반복 재생이 지겨웠던 모양인지, 가끔은 변주도 되고 패러디도 되어 강아지 눈과 나는 정말 달콤한 낮잠을 자기도 했다.

우리는 구름처럼 푹신한 이불을 함께 덮고 누워 있다. 나는 강아지 눈의 튼튼한 팔을 베고 누워 달콤한 잠에 빠져 있다. 창문으로 들어온 햇살에 눈이 부시면 강아지 눈은 커다란 손으로 내 얼굴에 그늘을 드리워 준다. 나를 물끄러미 내려다보던 강아지 눈이 한 손으로 내 뺨을 쓰다듬다가 더 이상 참지 못하고 입술에 뽀뽀를 한다. 꺅!

어느덧 주문을 외우는 시간보다 강아지 눈을 생각하는 시간이 더 많아졌고, 비밀 공부를 하다가도 강아지 눈이 다모아 어딘 가에 있을지도 모른다는 생각 때문에 흐름을 놓치곤 했다. 개인 기도 시간에는 달콤한 낮잠을 계속해서 재생시켰다. 사랑을 한다는 건 정말 힘든 일이었다. 뭔가 강아지 눈을 잊을 만한 일이 필요했다. 생각을 멈추기 위해서 내가 선택한 건 영어 단어와 수학 문제였다. 미친 듯이 외웠다. 단어로도 모자라서 교과서를 통째로 암기하기 시작했다. 일부러 어려운 수학 문제만 골라 풀었다. 다모아에 있는 것보다 그편이 훨씬 나았다. 교과서가 내 삶에 보탬이 될 줄은 생각도 못했다. 영어 문장을 외우느라고 중얼거리고 있으면, 민호 현수는 주문을 외우는 거라고 생각하는지 흐뭇한 얼굴로 돌아보곤 했다.

태양이 점점 더 뜨거워지고 있었다. 걸음을 빨리 놀렸다. 문득 하늘을 올려다보다, 그 자리에 서 버렸다. 태양이 두 눈 가득 들어왔다. 나는 아주 오랫동안 태양을 올려다보았다. 한때 나한테 절실했던 어떤 감정들이 아주 사소한 바람에 모래성처럼 쓰러지는 환영이 보였다. 고독을 느꼈던 그 순간처럼 나는 어떤 상실의 감정을 온몸으로 느끼고 있었다. 고독이 인간이면 느낄 수밖에 없는 그런 감정이듯, 상실도 꼭 나쁘거나 두려운 것만은 아니라는 사실을 깨닫는 중이었다. 말로 설명하기는 힘들다. 사람의 감정이라고 하는 건 마치 수학 문제를 풀듯 덧셈, 뺄셈을 알아야 곱셈, 나눗셈도 할 수 있는 건 아니다. 겨우 덧셈 정도 하는 사람이 어느 날 갑자기 인수분해를 할 수도 있는 것이다.

그렇다고 해서 내가 갑자기 말투도 달라지고 행동도 달라졌다는 말은 아니다. 그렇게 될 수도 없다. 나는 여전히 열일곱 살이며 아직 경험이 많지 않아 감정들을 많이 가져 보지 못한 여자아이에 불과했기 때문이다.

고독은 쓸쓸하게 쓸쓸했는데, 상실이라는 감정은 기분 좋게 쓸쓸했다. 나는 다시 길을 걸으며, 나에게서 떨어져 나와 내 옆에서 나와 나란히 걷는 기분이 들었다. 나이되 나일 수 없는, 그리하여 완벽한 감정을 갖는 것은 불가능한 일이며, 그건 이제 그리움으로 남겨 두어야 할 무엇이 되었다. 나는 웃으면서 울었다, 울면서 웃었다.

그 거리에서 다시 강아지 눈을 보았다. 강아지 눈은 마치 보이지 않는 벽이 있어서 거기 기댄 것처럼 삐딱하게 서 있었다. 새까만 두 눈이 나를 알아보고 웃었다. 강아지 눈은 내가 다가갈 때까지 움직이지 않을 모양이었다. 천천히 눈을 감았다가 떴다. 강아지 눈은 새까만 두 눈을 빛내며, 여전히 그대로 있었다. 내가 미처 의식하기도 전에 다리가 먼저 걷고 있었다. 아주 가벼운 발걸음이었다. 누구나 걸을 때 그러는 것처럼 두 팔도 자연스럽게 앞뒤로 흔들렸다. 나는 기분 좋은 상실의 감정을 느끼며 강아지 눈과 점점 더 가까워졌다. 상실의 감정은 기쁨의 감정으로 바뀌어 갔다. 나는 더 이상 상실로부터 도망치지 않기 위해 너무 가깝다 싶을 만큼 바짝 다가갔다. 강아지 눈의 목 언저리가 보였다. 눈을 들면 강아지 눈의 태양에 그을린 가무잡잡한 얼굴이 있다. 강아지 눈이 크고 두툼한 손을 내 어깨에 올렸다. 따뜻한 기운이 전해졌다. 심장이 기분 좋게 뛰고 있었다.

난생 처음 프러포즈

    은수식을 며칠 앞두고 진영 현수는 드레스 몇 벌을 보여 주며 하나를 고르라고 했다. 프릴이 잔뜩 달린 눈부시게 새하얀 드레스를 상상했던 나는 당황스러웠다. 드레스는 뭐랄까, 옛날 서양의 시골 여자들이 잠옷으로나 입을 것 같은 그런 느낌이었다. 진영 현수는 그런 내 마음을 눈치챘는지 어차피 딱 한 번 입을 것이며, 은수식은 촬영이 금지되어 있기 때문에 사진으로 남을 것도 아니라며 위로했다.

    은수식에 치를 돈이라고 해서 30만 원을 낸 터라 실망이 컸다. 싸구려 드레스를 대여한 거라면 뭔가 다른 멋진 이벤트가 기다리고 있는 걸까 궁금하기도 했다.

    "드레스 속에는 브래지어하고 팬티만 입어야 해요. 누드 베이지색으로 준비하세요."

진영 현수는 그 말뿐이었다.

저녁에는 강아지 눈을 만나러 낮달에 갔다. 우리는 '달콤한 낮잠'을 낮달이라고 부르고 있다. 강아지 눈은 낮달의 붉은 벽돌에 기대서서 내가 오는 쪽으로 시선을 주고 있었다. 가까이 다가가서야 도톰한 입술이 씩, 웃고 있는 걸 알았다. 강아지 눈의 입술은 어떤 느낌일까, 생각이 드는 동시에 눈을 내리깔았다. 강아지 눈은 잔뜩 웃음기 어린 목소리로 말했다.

"무슨 생각 했어? 꼭 마음을 감추고 싶을 때 눈을 피하더라."

강아지 눈은 나에 대해서 얼마큼 알고 있는 걸까? 얼굴이 달아올라 이번에는 고개까지 푹 수그렸다.

우리가 처음으로 달콤한 낮잠을 잤던 방은 이미 다른 사람이 있었다. 상실의 감정이 가슴을 훑고 지나갔다. 이전보다 조금 더 큰 방으로 들어갔다.

"같이 앉을까?"

강아지 눈이 장난을 쳤다.

강아지 눈은 왜 다모아교에 들어온 것일까? 나하고 있으면 짬뽕교라고 하면서 전혀 믿는 사람처럼 보이지 않다가도, 다모아 카페에서 우연히 마주칠 때면 뭔가 긴장하고 있는 모습이 꽤 심각해 보이기도 한다. 나는 오늘 그것을 꼭 물어볼 생각이었다.

"행복하니?"

먼저 질문을 던진 건 강아지 눈이었다. 나는 강아지 눈의 짙은 눈썹과 눈썹 옆에 살짝 패인 흉터와 높고 오뚝한 콧날과 도톰한 입술을 보고, 가무잡잡해서 더 보드라워 보이는 두 뺨에 시선을 준 뒤 다시 넓고 봉긋한 이마와 귓불을 보았다.

"다모아교에 들어와서 행복하니?"

강아지 눈이 다시 물었다.

"참, 넌 나를 뭐라고 부르니? 애들은 거시기라고 부른다며?"

강아지 눈은 잔뜩 주눅이 든 목소리였다.

"난……."

새까만 두 눈동자 속에 어떤 기대 같은 게 비쳤다. 차마 강아지 눈이라는 말을 할 수가 없어서 침만 꿀꺽 삼켰다. 강아지 눈이 만족할 만한, 단 한 번도 불리지 않은 그런 이름을 말해 주고 싶었다. 태어나서 처음으로 좋아하게 된 남자, 사랑인 것 같다, 짝사랑으로 끝나지 않게 내 이름을 먼저 불러 준 고마운 아이에게 어울리는 이름은 무엇일까? 성스러운 이 아이에게 어울리는 이름은?

"성……."

"성? 설마 성기는 아니지, 성, 뭐?"

"성아?"

"성아?"

강아지 눈은 그렇게 되묻고는 웃음을 터뜨리며 옆으로 쓰러졌다. 아기처럼 허리를 구부리고 두 손으로 배를 잡고 웃다가 "성아, 성아, 성아……." 중얼거리더니 느닷없이 "성아!" 하고 크게 외쳤다. 비로소 진정이 되는지 자세를 바로 하고 앉았다. 이름이 꽤 마음에 드는 모양이었다.

"난 이제부터 성아야. 너만 부르게 할 거야. 너만 불러야 해."

나는 또 고개를 숙였다.

"뭐야? 또 무슨 생각을 감추고 싶은 거야?"

성아의 얼굴이 테이블을 건너오더니 푹 숙인 내 얼굴 밑으로 쑥 들어왔다. 얼굴을 반대로 하고 마주한 꼴이었다. 내 눈에 성아의 입술이 보였다.

"얼굴 치워."

나는 당황하여 말했다.

"네, 성아 얼굴 치우겠습니다!"

그때였다. 성아는 가볍게 얼굴을 들어 올리더니 방심하고 있던 내 턱에 뽀뽀를 했다.

"다모아교에서는 남녀가 서로 사귀는 건 금지야."

나도 깜짝 놀란 그 소리는 내 입에서 나온 것이었다. 그 말을 하는 동시에 이름 받는 제사 때 아버지가 이마에 뽀뽀를 했던 기억이 되살아났다. 아버지 손이 지나간 가슴은 여전히 수치스러워하고 있다. 혜미 진수는 내가 미혹하여 죄의식을 느끼는 거라고 했다. 모든 게 훈련의 일부라며 죄의식이라는 방해꾼이 영혼을 더럽히지 않게 조심하라고 했다.

'남녀가 사귀는 게 금지니까, 너는 강아지 눈 아니, 성아를 사귀지 않을 거니?'

내 안의 누군가가 물어 왔다.

'그럼 지금까지 성아를 좋아한 건 사귄 게 아니니?'

'아버지하고 뽀뽀하는 건 괜찮고 성아랑 뽀뽀하는 건 안 되니? 그런 거니?'

그리고 물었다.

'그럼 성아랑 다시는 뽀뽀 안 하고 아버지하고만 할 거니?'

나는 은수식이 두려워졌다. 드레스가 감이 얇던데, 속옷만 입으면 훤히 비칠 텐데 부끄럽지는 않을까? 은수식에서 아버지가 또 뽀뽀를 하면 어쩌지? 또 가슴을 만지면 어쩌지? 다른 사람들도 같이 있으니까 괜찮을까? 다른 사람들이 있는 데서 그러면 더 부끄러울 텐데 어쩌지?

성아를 건너다보았다. 심각한 얼굴로 앉아 있다. 화가 났을까? 화가 나서 이제 나한테 뽀뽀 같은 건 절대 안 할까? 성아의 입술은 무척 부드러웠다. 가슴은 여전히 설레었다. 아프면서 설레었다.

성아가 천천히 일어섰다. 천장이 낮아서 허리를 구부려야 했다. 나는 자꾸만 작아져서, 성아는 걸리버처럼 나를 굽어보았다. 가려는가 보았다, 말리고 싶었다. 나한테서 떠나려는가 보았다, 붙잡고 싶었다. 그런 게 아니라고, 너한테 화가 난 게 아니라고,

나는 너를 좋아한다고 말하고 싶었다. 울지 않으려고 입술을 꼭 깨물었다. 결국 아무 말도 하지 못하리라는 것을 잘 알고 있었다.

어쩌다가 이렇게 되었을까?

나는 왜 다모아교에 들어가게 된 것일까? 나는 왜 이제야 비로소 성아를 받아들일 준비가 된 것일까? 나는 다모아교의 어떤 점이 좋았던 것일까? 너무 많은 '왜?'가 쏟아지고 있었다. 나는 그 어떤 것에도 딱 부러지는 대답은 하지 못하면서 무수한 '왜?'를 내려놓지도 못했다.

성아는 가려는 게 아니었다. 내 옆으로 오더니 무릎을 세우고 그 위에 두 손을 가지런히 얹고 앉았다. 나는 여전히 혼란스러운 채 창밖으로 눈길을 돌렸다.

"미안. 나도 모르게 그만……. 이런 감정 처음이야. 뭘 어떻게 해야 할지 모르겠어. 나도 세련되게 하고 싶은데 잘 안 돼."

성아는 주섬주섬 말을 했다.

"너는 내가 왜 좋아?"

예전에도 했던 질문이라는 건 알고 있었다.

"예쁘지도 않잖아."

나는 정말 궁금했다. 성아가 어떤 대답을 할지 짐작조차 할 수 없었다.

"꼭 예뻐야 하니?"

사랑하면 눈에 콩깍지가 씌어서 아무리 못생긴 여자도 예뻐 보인다는데, 거짓말인가 보았다. 어쩌면 성아는 나를 그 정도로 사랑하는 건 아닌가 보았다. 서러웠다.

"똑똑하지도 않고."

요즘 성적이 떨어지기는 했지만, 똑똑하다는 소리는 많이 들어왔기 때문에 조금은 자신이 있었다.

"꼭 똑똑해야 하니?"

성아는 말했다. 더 서러워졌다.

"성격도 안 좋고."

성격 안 좋다는 소리는 단 한 번도 들어보지 않았기 때문에, 물론 좋다는 소리를 들은 적도 없다, 나는 자신 있게 물었다.

"성격이 꼭 좋아야 하니?"

성아는 일관되게 대답했다.

"근데 나를 왜 좋아해?"

나도 모르게 버럭 소리를 질렀다.

"넌 너를 너무 몰라. 하긴 그게 네 매력이지."

성아의 눈이 느닷없이 반짝거리기 시작했다. 성아는 낯설어서 당황스럽지만, 또 낯설어서 경이롭기도 한 어떤 것을 보듯 눈을 빛냈다. 성아와 처음 만난 날, 나를 집요하게 바라보던 그 눈빛이었다.

"너를 처음 봤을 때, 나는 꼼짝도 할 수 없었어. 뭐, 세상에 이런 애가 다 있지, 그런 마음이었어. 너는, 너는, 성스럽다는 말밖에……. 나 같은 애가 옆에 가면 오염될 것 같아서 실은 좀 망설였어. 너는 너무 성스러워. 너는 아주 성스러운 아이야."

성아의 한 마디, 한 마디에 내 온몸이 반응하고 있었다. 온몸의 세포가 격정의 춤을 추는 것 같았다. 이토록 아름다운 아이에게 사랑받는 나는 특별한 아이가 분명했다. 특별한 아이가 된 나는 우주의 중심이 되었다. 우주의 중심이 되어 보니 세상은 너무나 아름다웠다. 나는 이 순간이 멈추기를 바랐지만, 시간이 흐를 거라는 사실도 알고 있었다.

나는 어찌할 바를 모르는 채로 성아의 팔을 한 손으로 꽉 잡았다. 성아가 돌아보았다. 얼굴도 잘생기고 똑똑한 데다가 성격까지 좋은 내 첫사랑, 나는 힘을 주어 팔을 당겼다. 성아는 내 품으로 들어와 나를 꼭 안았다.

"브라보."

하는 소리에 언제 감았는지도 모르는 눈을 떠 보니, 낮달 언니가 엄지손가락을 치켜들고 있었다.

내 우주의 중심 이동

설희는 비밀 공부 하는 시간이 서로 다른데도 꼭 나랑 붙어 다니려고 했다.

"내가 네 보디가드잖아."

그런 말도 안 되는 소리를 하면서 말이다. 그러면서 꼭 제가 앞장서서 걸었다.

우리는 다모아 카페에 가서 차를 한 잔만 시켜 놓고, 설희는 거울을 보고 나는 숙제를 하곤 했다. 가끔은 시립 도서관에 가기도 했다. 설희는 내가 재미없는 곳에만 간다면서 "시한부 인생이니까 참아 준다." 같은 이해가 되지 않는 소리를 했다. 아무튼 설희는 나를 잘 따라다녔고, 따라다니지만 앞서 걸으면서 끊임없이 재잘거렸다.

"다모아는 좀 멋진 것 같아."

설희는 어떤 대답을 들으려는 게 아니다.

"진흙 인간이 어쩌구 얼음 인간이 어쩌구 하니까 있어 보여."

한껏 도취된 얼굴을 보면 애초에 대답 같은 건 필요 없었다.

"비밀이랑 주문 어쩌구 하는 것도 확 땡기고."

나는 잠자코 걸었다.

"근데 그 늘씬하고 놀씬하고 하는 주문 말이야. 그 주문 하나
만 이상하게 싸구려 같애."

설희는 문득 생각이 났다는 듯이 큰 소리로 말했다.

"담임이 오늘 나한테 욕했잖아. 너한테도 했냐?"

나는 고개를 가로저었다.

"담임이 나한테 잉어가 될 거래. 내가 머리가 아무리 나빠도
그렇지 잉어보다 나쁘겠냐? 기분 더러웠어."

담임이 설희한테도 나한테 했던 것과 비슷한 말을 한 모양이었
다. 나는 잉어가 아니라, 잉여라고 이야기해 주려다가 잉여의 뜻
을 설명하기가 귀찮아서 관두었다.

카페 유리문에는 포스터가 붙어 있었다.

"나왔네! 드디어!"

설희는 소리치더니 카페 유리문에 개구리처럼 찰싹 달라붙었
다. 저렇게 바짝 붙으면 포스터가 안 보일 텐데 하는 생각을 하
는데, 유리문 너머에 사람이 서 있었다. 아버지였다. 설희는 웃

기려는 것인지 유리문에 얼굴을 짓뭉개기 시작했다. 아버지가
웃었다. 설희의 퍼포먼스가 끝나고 아버지가 문을 열고 나왔다.

"아주 사랑스럽구나."

아버지는 설희 머리를 쓰다듬어 주었다.

"아주 특별한 아이로구나."

설희는 배시시 웃더니 물었다.

"제가 세상을 구원할까요?"

"과연 세상을 구원할 상이로다."

아버지는 껄껄 웃고는 자리를 떴다. 나한테는 눈길도 주지 않
았다. 기분이 묘했다.

"미소 은수님, 얼음 인간 되셨습니다."

설희가 엄숙하게 말했다.

"어서 세상을 구할 비밀 공부를 시작하시지요."

백치 설희가 웃음기라고는 없이 말했다.

설희는 어쩌면 다모아교에서 이야기하는 걸 다 믿는 게 아닐까?
문득 그런 생각이 들었다, 깜짝 놀랐다. 그러면 나는 믿지 않는다
는 소리 아닌가. 의심을 하고 있다는 이야기 아닌가. '왜?'라는
질문을 던지고 있다는 말 아닌가. 어쩌면 이제는 그런 질문을 던
질 필요도 없이 내 세계가 중심 이동을 해 버렸는지도 모른다.

포스터 안에선 성아의 쌍둥이 동생 안이 활짝 웃고 있다. 언젠
가 보았던 것처럼 머리를 올려 묶어 긴 목선이 드러났다. 이마에

는 오렌지빛 띠를 둘러 꽤 활동적으로 보였다. 다모아에서는 올해는 자전거 대회를 하지 않고 트래킹을 하기로 했다. 지리산 1박 2일 트래킹 대회였다. 안을 다모아 공식 모델로 선발한 것은 탁월한 선택이었다. 많은 아이들이 안을 보자마자 안처럼 몽롱한 눈빛이 될 게 틀림없었다.

"나도 모델 완전 하고 싶었는데. 야, 누가 더 낫냐?"

설희는 왜 다모아교에 온 것일까? 나는 왜 이제야 그런 게 궁금한 걸까? 설마 설희를 걱정하고 있는 걸까?

"알았어! 성금이가 더 낫다는 거지? 성기 동생 성금. 성은 성스러울 성, 금은 쇠 금, 기는 그릇 기."

설희는 무슨 주문을 외듯 그렇게 중얼거리더니 카페로 쑥 들어갔다. 나는 비밀 공부를 하러 3층으로 올라가야 했는데 왠지 발이 떨어지지 않았다. 카페에서 물러나 언젠가 성아가 그랬던 것처럼 벽에 기대섰다.

그날 왜 다들 안을 따라 다모아교에 들어오려고 한 것일까? 무슨 일이 있었던 것일까? 성아와 설희가 다모아교에 들어온 이유는 무엇일까? 둘은 지금 만족하고 있는 걸까?

떨어지지 않는 발을 억지로 움직여 3층으로 올라갔다. 어느새 10분 정도 시간이 지나 있었다. 혜미 진수는 화가 나는 걸 참느라고 그랬는지 얼굴이 새빨갰다.

"은수식이 얼마 남지 않았다고 했지요. 건물에 기대서서 무슨 미혹에 빠져 있었던 겁니까?"

나를 보고 있었던 모양이었다.

"아버지가 다 보고 계십니다."

'아버지는 백치 설희를 보고 웃다가 어디 가셨어요. 저한테는 눈길도 주지 않았어요.'

또 내 안의 목소리가 들렸다.

"아버지가 다 알고 계십니다."

'설희가 백치인 것도 모르시던데요.'

"아버지를 모르는 사람은 불행한 사람입니다. 미소 은수님은 특별한 축복으로 아버지를 영접했습니다. 순종을 게을리하면 차라리 아버지를 몰랐던 시절이 그리워질 겁니다."

그건 처음 듣는 소리였다.

"아버지를 알면서 순종하지 않는 것은 아버지를 모르는 것보다 훨씬 더 업장에 업장을 더하는 죄입니다. 미소 은수님만 다치는 것이 아니라 부모님도 다치고 친구들도 모두 다치게 됩니다. 부모님은 병이 들고 직장을 잃게 될 것입니다. 친구들은 학교 성적이 떨어지고 알 수 없는 피부병이 돋아 세상에 좋다는 약을 아무리 구해다 발라도 절대 낫지 않을 것입니다. 미소 은수님이 어떻게 하느냐에 달렸습니다. 순종하십시오. 다시는 이런 일이 없도록 하세요."

나는 두려웠다. 혜미 진수가 말하는 내용이 두려운 게 아니라 얼굴이며 목소리에 묻어 있는 분노가 두려웠다.

혜미 진수가 개인 기도나 하라며 문을 박차고 나갔을 때는 차라리 마음이 놓였다. 암막 커튼이 쳐 있는 어두컴컴한 방을 촛불 하나가 오도카니 밝히고 있었다. 나는 그 앞에 풀썩 주저앉았다. 촛불은 사위가 어두워서 더욱 붉게 느껴졌다.

내가 바라는 것은 무엇이었을까?

나는 무엇을 쫓아 여기까지 온 것일까?

어쩌면 나는 선택한 것이 아니라 선택당했는지도 모르겠다. 삶을 개척하고 있다고 생각했는데, 어쩌면 내 삶으로부터 도망친 건지도 모르겠다.

내 안의 주님은 여전히 존재했으므로 나는 기도를 시작했다. 이제 더 이상 눈에 보이는 뭔가를 구하는 기도가 아니었다. 나는 용기가 필요했다. 부족한 나를 데리고 삶을 살아갈 용기, 부족한 나를 사랑할 용기, 그리고 성아를 사랑할 용기와 더불어…… 설희를 어떻게 해야 할지 걱정이 되었다.

기도를 마치고 나오자 혜미 진수가 마루에 정좌를 하고 있었다. 아까와는 완전히 다른 얼굴이었다.

"기도를 아주 열심히 했습니다."

흐뭇하게 웃는다. 혹시 기도 방에 몰래카메라라도 설치되어 있는 게 아닌가 싶어서 섬뜩했다.

"그럼 내일 또 봅시다."

혜미 진수는 명상을 하고 있었던지 다시 눈을 감았다. 혜미 진수는 대기업에 다녔는데 다모아에 들어오면서 그만뒀다고 들었다. 민호 현수는 들떠서 그런 이야기를 했다. 다모아에 오면 누구나 다 평등하다고, 고등학교도 제대로 나오지 못한 자기나 명문대를 나와서 대기업에 다녔던 혜미 진수나 다 똑같다고. 민호 현수는 혹시 서로 존댓말을 쓰는 것 때문에 그렇게 생각하는 게 아닐까? 가만히 보면 힘든 일은 민호 현수가 거의 다 하는 것 같았다. 민호 현수는 많이 자야 다섯 시간이라고 했다. 신도들이 거주하는 6층 전체를 청소하는 것도, 카페를 청소하는 것도 민호 현수의 몫이었다. 민호 현수는 늘 피곤해 보였는데, 아파 보인다는 소리 듣는 걸 아주 싫어했다.

나는 성아를 만나러 대충 아는 그 애네 동네로 찾아갔다. 내 쪽에서 먼저 연락을 하는 건 처음이어서 성아는 깜짝 놀란 눈치였다. 그리고 깜짝 놀랄 정도로 빨리 근처 놀이터로 나왔다.

"왜애?"

성아가 눈웃음을 쳤다. 그러고 보니 안의 눈웃음과 무척 닮아 있다.

"안은 괜찮니?"

나는 그렇게 물었다. "넌 왜 다모아교에 들어왔니?" 그렇게 물었어야 했는데 말이 헛나갔다.

성아는 걱정이 가득한 얼굴로 나를 물끄러미 보더니 되물었다.

"너는 괜찮니?"

순간 주위의 공기가 모두 증발해 버렸다. 움직일 통로를 잃어 버린 소리들이 그 자리에서 팡팡, 터져 버렸다.

"무슨 뜻이야?"

내 입은 그렇게 말하고 있었을 것이다. 귀가 아팠다.

"은수식 참여 안 했으면 좋겠어."

성아의 목소리와 함께 공기가 흐르기 시작했다.

성아는 무엇을 알고 있는 것일까?

"처음에는 안 때문에 시작한 일이었는데, 이제는 미소 네가 더 중요해졌어."

성아가 계속 알 수 없는 소리를 했다.

그래서 나는 처음에 물었어야 했던 그 질문을 던졌다.

"너는 왜 다모아교에 들어왔니?"

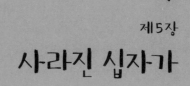

제5장

사라진 십자가

괴물 사냥

시간은 뭉텅뭉텅 잘려 나가 은수식 날이 되었다.

은수식을 치르는 사람은 셋이었다. 우리는 잠옷 같은 드레스를 걸쳤는데, 속치마도 없이 브래지어와 팬티만 받쳐 입은 터라 그 모습이 좀 야릇했다. 하지만 진영 현수가 금언을 지시했기 때문에 아무 말도 할 수 없었다. 두 사람은 나보다는 언니처럼 보였는데, 한 언니는 몸도 뚱뚱하고 가슴도 커서 가슴골이 훤히 드러나 보기 민망했다. 하긴, 남 걱정할 처지가 아니었다.

진영 현수는 서둘러 우리를 방으로 들여보내고 자리를 떴다. 속옷이 훤히 비치는 촌스러운 드레스를 입고 머리에는 인조 화환을 쓴 우리가 얼마나 어처구니없어 보일지는 짐작이 가고도 남았다. 나는 재빨리 손목에 감았던 꽃 머리끈을 풀어 화환에 얽어

맸다. 임무를 수행하고 나서야 손이 벌벌 떨리기 시작했다. 내가 자꾸 떠니까 옆에 있던 언니들이 걱정스러운 얼굴로 돌아보았다. 나는 괜찮다는 뜻으로 뚱뚱한 언니를 돌아보다가 깜짝 놀라 재빨리 자세를 바로 했다.

나는 오늘 중요한 임무를 띠고 은수식에 참여했다. 그 임무란 바로 몰래카메라로 은수식을 촬영하는 것이다. 몰래카메라는 머리끈에 달린 꽃인데, 시선을 돌리는 대로 다 찍히도록 화환에 단 것이었다. 뒷목으로 땀이 쭉 흘렀다. 긴장으로 달아오른 얼굴을 식히려고 입김을 불었다. 입김도 뜨거웠다. 그제야 방 안이 덥다는 생각이 들었다.

얼마 전까지만 해도 은수식이 다모아교에 마침표를 찍는 일이 될 줄은 상상도 못 했다. 나는 성아로부터 전혀 예상치 않은 이야기를 들었다. 그건 내가 상상력이 부족하기 때문이기도 하지만 이기적인 면도 한몫했다는 것을 인정한다.

"너는 왜 다모아교에 들어왔니?"

성아는 그 질문을 나한테 되돌렸다.

"기도하고 싶었어. 기도할 곳이 필요했어."

나는 내 목소리를 들었다. 머리로 생각한 것도 아닌데 그런 말이 툭 튀어나왔다. 가슴이 말한 것 같은 기분이었다.

"좋니?"

성아는 다시 물었다.

"처음에는 좋았는데 지금은 모르겠어."

"정말?"

성아는 불안한 눈빛이었다. 나를 믿지 않는 것 같은 느낌도 들었다.

성아는 다시 시선을 앞에 주었다. 무슨 생각을 하는지 한동안 말이 없었다. "너는 왜 다모아교에 들어왔니?" 그렇게 물은 건 나였고, 아직 대답을 듣지 못했다. 성아를 기다려 주어야 한다는 생각이 들었다. 그리고 성아에게 들은 이야기는 충격적이었다.

안은 이름 받는 제사를 지내지 않고 바로 현수식을 했는데, 현수식에서 성추행을 당했다고 했다. 안은 현재 학교도 관두고 상담 치료 중이라는 말을 덧붙였다.

"안은 정말 대책이 없어. 현수식을 해야 하니까 백만 원을 내라고 했대. 집에 도둑 든 것처럼 꾸며서 금을 갖다 팔았어. 그러다 나한테 덜미가 잡혔고. 안은 일기를 쓰거든. 나중에 자서전을 낼 거라나 뭐라나. 누가 그런 애 자서전을 내 주냐. 암튼 그즈음에 애가 자꾸 자면서 경기를 일으키는 거야. 다모아에 들어간 뒤로 하는 짓이 하도 수상해서, 안 없을 때 방 안을 뒤져서 일기장을 찾았지. 거기 적힌 내용 정말 어마어마하더라. 부모님한테 이르겠다고 협박해서 우리가 다모아에 들어간 거야. 김설희하고 나만 들어갔지만. 예은인가 하는 애는 공부해야 한다고 하고, 정훈이하고 조아라는 위험한 일은 딱 질색이라며 발을 뺐고. 김설희하고 나는 몰래카메라를 몸에 숨기고 다모아에서 하는 일을 다 찍었어."

성아는 내가 무슨 생각을 하는지 궁금한 모양이었다. 가만히 내 눈을 들여다보더니 말을 이었다.

"김설희는 너를 구해야 한다고 하더라. 자기가 스파이 하겠다고 자원했어."

"설희가?"

"응, 꽤 의리 있던데."

잠시 생각할 시간이 필요했다. 이번에는 성아가 나를 기다려 주었다.

"몰래카메라는 왜?"

나는 일부러 무덤덤하게 물어보았다.

"막내 외삼촌이랑 같이 사는데 방송국 기자야. 백만 원에 팔려고."

"뭐라고?"

"근데 상황이 바뀌었어. 촬영한 거 보더니 외삼촌 기겁을 하더라. 당장 중지하고 나오래. 방송은 할 수 없지만 돈은 주겠대. 부모님한테 입 다무는 조건으로. 우리 엄마가 알면 가만히 안 있을 거거든. 삼촌이 제일 무서워하는 말이 집 나가라는 소리야. 애인도 없는 노총각이 어디로 가겠냐?"

성아는 잠시 뜸을 들이고는 말했다.

"근데 그게 외삼촌 사정이더라고. 안하고 나는 이야기했어. 그 괴물이 점점 더 커지기 전에 막아야 한다고. 삼촌은 우리가 손 뗀 줄 알아. 몰래카메라도 반납했고. 백만 원 받은 거로 다시 샀지. 안은 괴물이 벌을 받아야 자신을 용서할 수 있을 것 같다고 했어. 그런데 이제는 너를 위해서도 멈출 수 없어."

성아는 나를 돌아보며 어깨에 손을 올렸다. 내 눈을 좀 더 자세히 보려고 그러는 것 같았다.

"넌 어때? 괜찮니?"

그 말은 무슨 뜻이었을까? 혹시 안과 같은 일을 당했다면 괜찮냐는 뜻이었을까? 다모아교가 괜찮냐는 뜻이었을까? 자신이 다모아교의 괴물을 벌주는 일이 괜찮냐는 뜻이었을까?

아버지가 여신도 둘을 이끌고 들어왔다. 두 사람도 속이 비치는 드레스를 입었는데, 우리가 입은 것보다 천이 더 얇은지 누드 베이지색 속옷이 훤히 드러났다. 아버지는 목사 가운 같은 걸 걸쳤는데, 마찬가지로 가슴과 팬티 부분에 덧댄 천이 훤히 비쳤다. 나는 아버지의 우스꽝스러운 모습을 카메라에 잘 담으려고 꼼짝하지 않고 서 있었다. 방 안에 있는 사람들이 모두 비슷하게 입고 있으니 부끄러운 생각이 덜 드는 것 같았다.

여신도 하나가 향 세 개에 불을 붙인 후 아버지 옆으로 와서 무릎을 꿇고 앉았다. 다른 여신도는 커다란 나뭇잎이 붙은 굵은 나뭇가지를 건넸다.

"아버지가 왔다."

그렇게 말한 사람은 아버지였다.

"내가 왔도다."

본인도 알고 있는 모양이었다.

"너희를 자유롭게 해 주려고 왔다. 이제 너희는 원하는 것을 다 얻게 될 것이다. 성의 구속에서도 벗어날 것이다. 성으로부터 자유롭게 해 줄 것이다."

아버지는 나뭇가지로 언니들의 몸을 쓸어내리기 시작했다. 나는 촬영 때문에 할 수 없이 고개를 살짝 돌렸다. 아버지란 사람은 상식에서 벗어난 괴물이었다. 나뭇잎은 축축하게 젖어 있었다. 언니들이 괴로워하는 모습을 차마 볼 수가 없어서 다시 시선을 돌렸다. 괴물이 킬킬거리며 좋아하고 있었다.

그리고 이제 내 차례였다.

축축하고 커다란 나뭇잎은 마치 괴물의 혀 같았다. 어쩔 수 없이 몸이 움츠러들었다. 괴물의 혀는 집요하게 내 몸의 구석구석을 만지고 찌르고 쑤시기 시작했다. 괴물은 좋아서 죽겠는지 킬킬거리며 웃음을 터뜨렸다. 눈물이 후드득 떨어졌다.

"나는 아버지이니······."

괴물은 나뭇가지를 획 내던졌다. 괴물의 두 손이 자유로워진 것이다.

"내 손이 머무는 곳마다 전생의 업장까지 소멸될 것이다."

괴물은 마치 목을 조를 것처럼 두 손으로 내 목을 부여잡았다. 곧이어 가슴을 꽉 그러쥐고 황홀한 얼굴로 감탄사를 내질렀다. 나는 깜짝 놀라 그만 뒷걸음을 쳤다. 괴물의 그곳이 불룩 솟아 있었다.

"아버지를 피하다니!"

괴물은 잔뜩 약이 오른 표정으로 나뭇가지를 다시 주워들었다.

"나를 피하다니!"

나뭇가지가 채찍이 되어 나를 사정없이 내리치기 시작했다.

그때였다.

문이 벌컥 열리며 사람들이 우르르 쏟아져 들어왔다. 나는 겁에 잔뜩 질려 무슨 일이 일어나는지 알지 못했다. 누군가 모포로 내 몸을 가리고 데려갔다. 우당탕탕 하는 소리들과 의미를 알 수 없는 괴성이 오고 갔다.

나도 모르게 성아를 부르고 있었던 모양이다. 성아는 내가 진정이 될 때까지 모포 위로 꼭 안아 주었다.

나의 성스러운 아이

은수식에 들이닥친 사람들은 근처 경찰서 강력반 형사들과 방송국 카메라맨, 그리고 성아의 외삼촌이었다.

성아의 성격을 잘 아는 외삼촌은 안을 구슬려 이야기를 전해 듣고는 노발대발했다고 한다. 유튜브에 영상물을 올리는 건 너무 위험하다는 것이었다. 아무리 모자이크 처리를 해도 다모아에서 끝까지 추적해서 영상을 올린 사람을 알아낼 것이기 때문이었다.

"상관없어."

이것이 성아의 대답이었다.

"테러당할 거야."

"상관없어."

성아는 그렇게 일관했다고 한다.

"네가 테러당하면 누나가 나 방 빼라고 할 텐데."

"상관없어."

"만약 방송을 하면 내가 테러당할지도 몰라. 너 사이비 종교 단체가 얼마나 무서운지 아냐? 내가 말을 안 하려고 했는데 나도 따로 조사한 게 있다고. 암 완치됐다고 1억 낸 신도가 있어. 근데 암이 재발했거든. 그 사람, 다모아에서 완전 묻어 버렸잖아. 무슨 말인지 알아? 상식에서 벗어난 사람들이 제일 무서운 거야. 그 사람들은 옳고 그른 게 없거든. 괜히 광신도라고 하겠냐? 미칠 광이야, 미치광이들이라고."

외삼촌의 모습을 물끄러미 바라보던 성아는 딱 한마디만 더 했다고 한다.

"삼촌은 왜 기자가 된 거야?"

그 말에 충격을 받은 외삼촌은 조카들 앞에서 부끄러운 삼촌은 되지 않겠다는 결심을 했고, 비장한 각오로 취재 일지를 상부에다 올렸다. 그런데 방송 허락이 한 방에 나 버려 세상이 나를 속인 게 아니라 내가 세상을 속이고 있었다고 허탈해하며 일사천리로 일을 진행시켰다고 한다.

괴물과 혜미 진수, 정우 진수, 진영 현수, 민호 현수를 비롯하여 모두 아홉 명이 구속되었는데, 더 이상 세상을 속이지 않겠다고 결심한 외삼촌은 상부에 강력히 요구하여 최대한 빨리 방송을 할 수 있게 만들었다. 여론을 형성하여 재판에 영향을 주기 위해서였다.

방송을 할 수 있었던 것도 괴물을 잡게 된 것도 모두 성아와 설희 덕분이지만, 그 모든 일은 비밀에 부치기로 했다. 안에게 들어 모든 사실을 알게 된 성아 부모님이 이민을 생각할 정도로 남매의 안전을 걱정하셨기 때문이다. 방송분은 성아와 설희의 옷자락 하나도 보이지 않는 부분만 골라서 내보냈다. 하지만 안과 나는 부모님 몰래 인터뷰에 참여했다. 그건 꼭 우리가 해야 할 일이었다.

설희는 자기가 촬영한 것만이라도 유튜브에 올리겠다고 우기다가 '테러'라는 말을 듣고 크게 실망하며 포기했다. 우리는 설희가 촬영한, 설희는 가방에 그 꽃 모양 몰래카메라를 액세서리인 양 달고 다녔다, 미방송분을 함께 보았다.

이름을 받는 제사였다.

옷을 갈아입는 모양인지 가방이 바닥에 놓여 있어 누군지 모를 다리만 왔다 갔다 했다.

"어우, 색깔이 왜 이렇게 구려. 디자인도 되게 마음에 안 드네. 다른 거 없어요?"

설희한테도 내가 입었던 그 한복을 주었던 모양이었다.

"그냥 입으세요."

버스럭거리는 소리가 났다.

"우엑!"

그렇게 소리친 건 당연히 설희였다.

"어우, 냄새! 때가 꼬질꼬질하네. 나, 이거 더러워서 못 입겠어요. 누가 한 백 번은 입었나 봐."

"그냥 입으세요."

누군가 열 받는 걸 참느라 애쓰고 있었다.

"나 원 참, 태어나서 이렇게 더러운 옷은 처음 입네. 제사 지낸다고 해서 샤워까지 하고 왔는데, 이런 걸레를 입을 줄이야."

설희는 끊임없이 투덜댔다.

"금언하세요!"

급기야 상대방도 참지 못하고 소리쳤다.

"사람을 뭘로 보고, 저 담배 안 피워요."

"금언하라고요!"

"담배 안 피운다고요!"

거기서 우리는 모두 쓰러지고 말았다. 아라와 정훈이는 서로 허벅지를 때려 가며 폭소를 터뜨렸고, 성아는 방바닥에 데굴데굴 굴렀다. 성아 외삼촌은 "이거 열 번째 보는 건데 볼 때마다 웃겨." 하면서 눈물을 찔끔거렸고, 예은이도 참을 수 없다는 듯이 킥킥거렸다. 안은 씽긋 웃으며 설희를 쳐다보았다. 설희는 사람들이 자기를 보고 웃는 게 꽤 자랑스러웠던지 으스대며 우리를 돌아보았다.

그리고 여기는 성아 외삼촌이 사는 원룸이다. 결국 성아네 집에서 쫓겨난 것이다. 외삼촌은 이번 취재 건으로 보너스를 두둑이 받았다며 우리들에게 열 번의 '한턱'을 내기로 했는데, 오늘이 그 처음이었다.

우리가 웃느라고 보지 못한 부분을 외삼촌이 다시 돌려서 보여 주었다.

"말을 하지 말라고!"

"어머, 다모아교에서는 존댓말 써야 하는 거 몰라요?"

"금언은 말을 하지 말라는 뜻입니다."

"그래요? 말을 하지 말아요?"

"네."

"진작에 그렇게 말하지, 왜 유식한 척을 하고 그래요?"

"입 좀 다물어!"

다시 폭소가 터졌다.

외삼촌은 "여기까지!" 하더니 텔레비전을 껐다.

모두 언제 웃었냐는 듯 입을 꾹 다물었다. 설희가 제사를 지내러 방으로 들어간 뒤, 어떤 일이 벌어졌는지 알 수 없기 때문이다. 그건 또 설희가 짊어져야 할 몫이었다.

"화면발 잘 받네."

분위기를 바꾸려는 것인지, 외삼촌이 딴소리를 했다.

"그래요? 잘 받아요? 나 연예인 되고 싶은데."

설희가 재빨리 받아쳤다.

"어, 언제 방송국으로 한번 나와."

외삼촌이 거드름을 피우며 말했다. 어쩐지 믿음은 가지 않았지만, 설희가 좋아하는 것을 보니 덩달아 기분이 좋아졌다. 이제 정말 친구가 된 것이다. 아라, 예은, 설희, 그리고 나까지 우리 넷은 진짜 친구가 되었다. 나는 태어나서 친구를 처음 사귀어 보는 것 같았다. 성아 외삼촌의 깨달음처럼, 세상이 나를 속인 게 아니라 내가 세상을 속이고 있었는지도 모르겠다. '우정'이라는 이름으로 친구들을 속이고 있었던 건 오히려 나였던 것이다.

성아와 나는 공식 커플이 되었다. 우리는 정훈이와 아라처럼 사람들이 보는 앞에서 손발이 오그라드는 짓은 하지 않지만, 둘이 있을 때는 케이크 같은 것도 서로 먹여 주고 난리다. 성아와 나, 우리 둘의 사랑이 앞으로는 어떻게 될지 알 수 없지만 미리 걱정하지 않기로 했다. 나는 고독이 뭔지도 알고 상실이 뭔지도 알기 때문에 가슴이 아픈 것도 잘 이겨낼 수 있다. 어쨌거나 짝사랑은 너무 힘든 일이라서 지금 사랑하고 사랑받는 것이 너무 행복하다.

나는 다시 부모님한테 반말을 한다.

"내가 그동안 좀 이상했지? 영혼이 어디 좀 다녀오느라고. 미안해."

그렇게 얼버무렸다.

"앞으로 한동안은 안 가실 거지? 우리 딸?"

엄마가 눈시울을 붉혀서 마음이 아팠다.

"이제 어디 갈 때는 좀 간다고 하고 갔으면 좋겠어."

아빠는 일이 힘들어서 그런지 수척한 얼굴로 말했다.

두 분이 내가 사이비 종교에 빠졌던 걸 알면 얼마나 속이 상할까 생각하니 진저리가 다 쳐졌다.

외삼촌이 배달시킨 음식은 꽤 푸짐해서 우리는 한참을 먹고 놀았다.

"저, 나 좀."

안이었다.

우리는 아이들의 눈을 피해 외삼촌 작업실로 들어갔다.

"그냥, 너랑 얘기하고 싶었어."

안은 눈웃음을 치면서 이야기했다.

안은 괴물이 구속되는 것을 보고 갑자기 상태가 호전되어 상담 치료 횟수를 줄이고 다시 학교에 나가고 있다.

"괜찮니?"

"괜찮니?"

우리는 동시에 그렇게 묻고는 피식 웃었다. 지금은 괜찮다.

열린 창문으로 몸을 내밀어 밖을 내다보았다. 안이 갑자기 뒷걸음질을 치면서 나한테도 오라고 손짓했다. 우리는 창문에서 최대한 멀어졌다. 늦은 시간이어서 밖은 어둠이 짙었다. 그 사각의 어둠 속에서 붉은 십자가가 별처럼 빛나고 있었다. 안과 나는 약속이나 한 것처럼 십자가를 하나, 둘, 셋, 세기 시작했다. 그 조그만 창문 속에 스물여섯 개나 되는 십자가가 있었다.

"나 다시 교회에 나가려고."

안이 말했다.

"아직 어느 교회로 갈지는 정하지 못했어."

무슨 생각하는지 알 수 없는 특유의 몽롱한 눈빛이었다.

"너무 불안해서 어쩔 수가 없어."

"좋은 목사님 만날 수 있을 거야."

나는 고개를 끄덕이며 대답했다.

"그래서 말인데 같이 다니면 안 될까? 안이 그러는데 너 되게 똑똑하다던데."

"안이 그랬어?"

나도 모르게 입꼬리가 올라갔다.

"응. 성격도 되게 좋고."

"그래?"

나는 기분이 좋다가 말았다.

"그리고 또 무슨 말 안 해?"

"무슨 말?"

안이 커다란 두 눈을 동그랗게 뜨며 물었다.

"너는 예뻐서 좋겠다."

"난 얼굴만 예쁘잖아."

안은 꽤 솔직한 아이였다.

"안 될까? 같이 교회 다니는 거?"

그때였다. 메시지 알림음이 울렸다. 성아였다.

보고 싶어!!!

빨리 와!!!

너무 좋아서 가슴이 다 뻐근했다.

"좋은 목사님 만날 거야, 너는."

바람이 찬 듯해 창문을 닫았다. 사각의 어둠도, 스물여섯 개의 붉은 십자가도 모두 사라졌다.

"나는…… 그동안 주님을 너무 이용한 것 같아서. 한동안은 좀 자유롭게 놔 드리려고."

안은 더욱 몽롱한 눈빛이 되었다.

느닷없이 방문이 열렸다. 성아였다.

"내 눈에 뜨이는 데 있으랬지."

성아는 나를 보며 짓궂게 웃었다.

나는 더 이상 참지 못하고 나의 성스러운 아이, 성아의 품속으로 뛰어들었다.

성스러운 17세
ⓒ 이경화, 2016

초판 1쇄 인쇄 2016년 1월 5일 | 초판 1쇄 발행 2016년 1월 21일
펴낸이 박종암 | 펴낸곳 도서출판 르네상스 | 출판등록 제313-2010-270호
주소 서울시 마포구 동교로 17안길 11 2층 | 전화 02-334-2751 | 팩스 02-338-2672
전자우편 rene411@naver.com
ISBN 978-89-90828-72-9 43810

이 도서의 국립중앙도서관 출판시도서목록(CIP)은 e-CIP 홈페이지(www.nl.go.kr/ecip)와
국가자료공동목록시스템(www.nl.go.kr/kolisnet)에서 이용하실 수 있습니다.
(CIP제어번호:CIP2016000620)